Finding Home on the Road

王菁野 / 作品

当代中国出版社
Contemporary China Publishing House

图书在版编目(CIP)数据

行走的家园/王菁野著. —北京：当代中国出版社，2015.2（2015.4重印）
ISBN 978-7-5154-0301-4

Ⅰ.①行… Ⅱ.①王… Ⅲ.①游记—作品集—中国—当代 Ⅳ.①I267.4

中国版本图书馆 CIP 数据核字（2013）第 178094 号

出 版 人	周五一
责任编辑	李一梅
责任校对	康　莹
装帧设计	胡　凯
出版发行	当代中国出版社
地　　址	北京市地安门西大街旌勇里 8 号
网　　址	http://www.ddzg.net　邮箱：ddzgcbs@sina.com
邮政编码	100009
编辑部	(010)66572264　66572132　66572154　66572434　66572180
市场部	(010)66572281 或 66572155/56/57/58/59 转
印　　刷	北京宝昌彩色印刷有限公司
开　　本	880×1280 毫米　1/32
印　　张	9.5 印张　200 千字
版　　次	2015 年 2 月第 1 版
印　　次	2015 年 4 月第 2 次印刷
定　　价	38.00 元

版权所有，翻版必究；如有印装质量问题，请拨打(010)66572159 转出版部。

序一
《行走的家园》读后随笔

刘再复

> 刘再复，著名学者、文学理论家。现任美国科罗拉多大学客座研究员、香港城市大学名誉教授、台湾中央大学客座教授。曾任中国社会科学院文学研究所所长、研究员、学术委员会主任、《文学评论》主编、中国作家协会理事。著有《性格组合论》《鲁迅美学思想论稿》《传统与中国人》《告别诸神》《罪与文学》等近八十余部学术论著和散文集，作品已译为英、韩、日、法、德等多种文字出版。

一位好友把王菁野的散文集打印稿放到我的面前，让我看看。我没有见过菁野，以往也没有读过她的文章。打开集子，见到目录，我立即被托尔斯泰、陀思妥耶夫斯基、普希金、莱蒙托夫、契诃夫、茨维塔耶娃、肖斯塔科维奇等名字所抓住。这群俄罗斯作家、艺术家是我的主观宇宙中的一片星空。他们的名字对我来说，不仅是灿烂的，而且是神圣的。此刻，竟有一位年轻的中国诗人，作了"俄罗斯朝圣之旅"，也把这些名字视为星斗、视为神圣，提着心灵朝着他们行走，这就让我不能不读了。

一口气读了十二篇，从普希金到帕斯捷尔纳克，一篇也不漏。

读完真感到惊喜。尽管我熟知这些作家、艺术家，读过他们的传记，论述过他们的作品，但是读了菁野的这些游记，还是觉得新鲜，还是与菁野产生了心灵的共振。这是因为菁野亲自到了这些天才的故乡，叙述时有实感，更重要的是，她还对这些天才投进真挚的崇仰，所以文字中不仅拥有俄罗斯大视野的气息，而且拥有笔调的深切与真实。一个从事写作的人，对文学不能仅有兴趣，还必须有信仰（沈从文语）。菁野就是一个文学圣徒。在唯利是图的时代，在人们遗忘俄罗斯文学伟大深渊的时代，一个年青的女性，能有一份这样的酷爱，能有一份这样的认知，能有一份这样的才情，实在难得。

大约是被第一辑（"俄罗斯朝圣之旅"）所打动，我又读了第二辑（"莫斯科散记"）和第三辑（"故园之恋"）。这才知道，菁野常在俄罗斯，是个在中国与俄罗斯之间穿梭的流浪者。在世俗社会里，她扮演的是记者、母亲的角色，但总是生活在自己的内心中，常常感到不知何处是自己的栖身之所。在"我的十年心路"中，她自述道："十年前，我总是到人群里去排解自己的孤独，十年后，在人群里的时候我就更孤独。"在自己的内心里走得远了，在人群里反而觉得不知所措，感到异常孤独，这种孤独感使她的散文格调免于媚俗而具有形而上的意味。我在海外漂泊二十年，既以"四海为家"，但也常感到"四海无家"，所以很能理解菁野的无家可归感。这里所指的家，不是世俗之家，而是存在之家，即灵魂可以存放的处所。菁野的孤独感正是这种找不到存在之家的彷徨感与不安感。她的母亲去世之后，她所以更感到孤独，就是这个知心的妈妈，不仅是她的世俗之家，而且又是可以安放她的悲欢歌哭的存在之家。正是这样，她写出了动人的思念：

妈妈离世的那一刻我没能守在她的床前，这将是我毕生的遗憾。把妈妈一个人丢在墓地回家的路上，我突然不知道这个世界上还有哪一个处所可以算是我的家……这个世界上被我贴心贴肺地叫作妈妈的人去了，我生命的源头陡然断流，原来浅唱低吟的河道中，如今只剩呜咽不止。好长一段时间，我不知道自己该做什么、想做什么。走在路上也好，吃着饭也好，抑或是做着手边的工作也好，眼泪会随时随地簌簌落下，那种挥之不去的彻骨的孤独，让我仿佛置身于一座不期而遇的断桥，任我耗尽心智耗干时日依然无法跨越。以往，每当我累了伤心了的时候，总是情不自禁地想回去看看妈妈，只要有妈妈在，我的身后就总有一面用目光挺起的墙，可供我依靠、喘息。可是现在，我不知道这个世界上还有什么是专门为我守候在那里的。我只能抬头搜寻天空，期望和妈妈的目光相遇。我相信离开的妈妈就在天上，我对她撕心裂肺般的思念她定能感知，或许，我只能借此而心安。

除了对俄罗斯作家的朝拜领悟篇章之外，我最欣赏的就是怀念母亲的伤感文字。

文学毕竟是以情感为第一性。集子中《路过我的秋天的你》《莫斯科给我的这个秋天》等与怀念母亲同一基调的文字，都有一种伤感美。在物质的潮流覆盖一切的时代，这种美快要绝迹了。我把伤感美视为古典情韵的现代呈现。一次偶然的邂逅之后，再也难以相逢，留下的只有刻骨铭心的缅怀与记忆。人生美好瞬间的短暂，生命激情的不可重复，这一切自然会引发有心人时间性的珍惜与咏叹。这些珍惜之情诉诸笔墨，便是如下的文字：

因而，我选择深秋的最后一天出行，没有明确的意向，只觉得冥冥之中有一个声音在呼唤我。这声音穿越千山万水，在一个宁静的夜晚沿着细若游丝的轨道抵达于我的内心，牵引我的脚步不远千里地赶赴秋色。我在秋天的阳光里将生命一幅一幅地展开，与自然中的一石一沙一草一木一起领会造物主衍生万物的初衷，听山林飒飒临风的声响如聆禅语，等待着在这一刻去同长天大地会合，去同陌生的自己会合。当然，也同你会合。

……

可你会继续前行的，我知道。也许不再为了红叶，而仅仅是为了追逐那些许亮色。

只有一点我们笃信不疑：不论我们的心灵怎样一次次地遗失了栖居地，漂泊年年，这个秋天是唯一的，这个秋天里的故事也是唯一的，就像叶子上的脉络不会重复，就像头上的秋阳不会以唯一的角度照着这片叶子。若有一丝苦涩而陌生的滋味漫过我们的心头，那也是为了回馈这个秋天而做的唯一的抒发。

这种清冷的记忆与思念，在当下的人间，已经变得很稀有了。生活在时髦与时尚中的人们，距离这种情感与文字已经很远，然而，稀有的感伤之美却是永恒的，它的诗意不会因为岁月的流迁而消失。

有些读者也许具有另一种审美趣味，或许喜欢写实的叙述。倘若如此，倒可以读读《行走的家园》第二辑（"莫斯科散记"），菁野本是记者，写起纪实文章，倒是轻松一些。

2011 年 8 月 6 日 Boulder, USA

序二

一品兰香

屠新时

屠新时,《中美邮报》社长,北京大学书法研究所客座教授,美国汉字书法文化院院长,美国丹佛孔子课堂理事长,海外华文传媒协会副主席。

菁野的第二本散文集《行走的家园》就要在北京出版了,我真为她高兴。

2002年春天,在天津报业举办的一次华文传媒国际研讨会上,我们在天津初次见面,菁野当时是俄罗斯首都莫斯科的一家华文报纸的总编,她在会内会外显得很文静,很友善,优雅而不张扬;听周围人介绍,她的文章与专访在莫斯科华裔社区很有名气。

同年夏天,我们海外多家华文媒体与凤凰卫视的几位主持人和主管经理,一起到吉林长春采访参观,又一次和菁野见面。从长春到延吉,直到边境海关珲春,我们一路同行。交往中,有机会更多地了解了她。我很佩服她一个人在异国他乡坚持多年奋斗闯荡,开阔眼界,走自己的路;用她的那支笔,写出了不少意境深远的游记与散文,为华人在海外的拼搏和成就热情讴歌。她淡定而愉快的表情,和谐秀丽的五官,展示着她的个性美;让人感受到温情秀婉后面的执着定力,优雅文笔中透出的聪慧和睿敏。

让我在内心受到震动的是她的那篇在海外获奖散文:《莫斯科给我的这个秋天》,那美丽的文字,跳荡的心灵,词句段落中独特的韵律,我很喜欢,过目难忘。当时,我就录下其中的几段:

遇见你,是在一个清凉的飘在风中的黄昏里,那时,秋风恰好停在你的额头,停在红红的夕阳肩上,你默默注视着那片脉络清晰的树叶恰好应声而落,落在我唱着的那首歌里。

远处,那个木板铁索的桥边,你用从春天汲来的旋律丰盈我满目的秋色,让被自然覆盖的文明成了长天大地抒发自己的唯一方式……

我回眸眺望来时的路,那一串被荆棘刺破的脚印如血色的花朵灿然开放在暮霭里,那跌跌绊绊的创伤留下的无法平复的印记,让你的脸上漫起一种时代的情绪。从此我知道了,你心里的沉重与激越,正是和我有同样的出处……就像你和我从彼岸到此岸,会有不约而同、不谋而合的心绪的重叠。

读着她的这些散文诗句,的确会有一种心灵的共振和心绪的重叠,是一种难得的美感体验。她在俄罗斯访问那些文学大师旧居墓地的散文,在中国大地行走旅游写下的随笔,每每在笔端透出她的快乐和真情,描绘出她眼中展现的美的人生和美的世界;生活的普通场景和短暂瞬间,在她的韵律字句间诗意盎然。这正应了那位法国雕塑家的话:"这个世界不是缺少美,而是缺少发现美的眼睛。"人生始终在选择,在努力创造生命的价值;生命不是由他人决定,而是自己领悟和决定的存在。菁野的散文,用她自己的眼睛透视出人性之光,显现着生命的重量与质感。

菁野散文集分为四辑:第一辑"俄罗斯朝圣之旅",第二辑"莫斯科散记",第三辑"故园之恋";前三集的文章,我大都读过,这也是我们这代人走向世界的历程中点点滴滴的足迹。在大时代的洪流中迎击风浪,酸甜苦辣,时沉时浮,菁野用艺术家的语言,记录下生命的感悟:对外部世界的观察,对艺术哲人近距离的体验,对亲人友人的情感;文字虽短,画面丰富而多彩;是只有这个激越的时代,才会生发出来的生活记载。第四辑"写给女儿的成人礼",是我建议她继续写的,可惜我还没有读到,相信会有另一番心灵记叙和感受;因为她的小女儿去了俄罗斯学习音乐。两地万里之间,文学和音乐之间,两代人心际之间,是会有一块大天地、一方大视野的。菁野应当多多地写下去。

菁野文字的最美最贵处,在于她的真,出自她心灵深处的质朴和善良,她对文学、对人生、对工作的无保留的执着虔诚。她不是无病呻吟,不是故意搬弄文辞,而是从内心流淌出来的清澈之泉,性灵震动之下的任意表达。文字不求全,尤贵真率。

这些年来,菁野的作者身份被编辑的角色掩盖了,她的散文写得少了，她是一位站在海外华文报纸洋洋大版之后的主编。这份文字工作是一种付出，是成年累月、每一周都无法懈怠的心力劳动；但，这毕竟是一项创造性的工作。她以自己的坚韧和才华，将一份一份文化大餐奉献给华人读者，给远在万里之外的同文同种的朋友们送上精神上的温暖、连通、慰藉、信息和带着美感的食粮。许多年来，她兢兢业业地奉献，把自己写作的时间和精力全部加上，换来的是千万读者的赞扬和喜爱，这是生命价值的转换。她从未出过差错，是一位无名英雄。

"文如其人"，用中国的这句老话来概括菁野的文与人，也是很为贴切的。我曾经将一副写兰花的对子用条幅的形式书赠给她。兴许也是"不谋而合的心绪的重叠"，她很喜欢：

风雅千般韵味，
清高一品兰香。

是的，在她新书出版之际，我还是用"深谷幽兰"来赞喻她的新书和她的品性：兰花独自生长在幽谷之中，坦然、自信、物情潇洒、清香自远；她不依别人的娇宠，不怕清寂的孤独；她尽情享受阳光雨露，也不畏风寒夜永；她风姿卓然，花色诱人，但从不招摇轻慢；她具有独立个性的美，有让人长久品思的韵味。她很平凡，但不失为贵。

2011 年 8 月于美国科罗拉多

目　录

朝圣之旅 >

与普希金一起流放 // 3
拜访托翁 // 11
梅里霍沃庄园：契诃夫的海鸥还在飞 // 18
高尔基故居讨"苦" // 26
莱蒙托夫故居：繁华背不动的寂寞小院 // 33
向屠格涅夫的橡树致意 // 39
肖斯塔科维奇在这里住过 // 50
柴可夫斯基的旷世绝响 // 54
果戈理在这里等待"天梯" // 61
陀思妥耶夫斯基"做梦"的地方 // 71
帕斯捷尔纳克有个美丽的邻居 // 84
献给茨维塔耶娃的一束玫瑰 // 90
在新处女公墓解读生命 // 96
普希金的皇村 // 103

莫斯科散记 >

坐地铁，观莫斯科人生活百态	// 113
我的房东谢尔盖	// 117
当耳朵"醒"来时	// 123
冷暖之间	// 129
莫斯科给我的这个秋天	// 133
牵着自己的手，回家	// 137
过街通道里拉琴的老人	// 140
为一只小鸟写点什么	// 144
想念病中的母亲	// 148
我在莫斯科食品店购物"奇遇"	// 151
一个在伏尔加格勒种菜的中国人	// 156
在莫斯科"练摊儿"	// 160

故园之恋 >

写给远行的天明导演	// 165
路过我的秋天的你	// 170
流浪的星星	// 174
生命的断桥，我避之不及	// 178
岁月的回声	// 182
我的姑姑已成佛	// 187

我终于失去了你	// 195
女人，是一种有点落寞的职业	// 199
我的十年心路	// 203
回忆在等我慢慢变老	// 206
潇潇离家"出走"	// 210
我的阿财	// 213
毛毛	// 217
明媚的温暖与感动	// 223
水墨李家山	// 226
桂林行	// 233
银山怀里的塔林	// 242
极品丽江	// 246

写给女儿的成人礼 >

你的太阳	// 265
青春的演绎	// 266
等待完成	// 267
爱的牵引	// 268
另一双眼睛	// 269
化蝶	// 270
茅舍情韵	// 271

友爱如河	// 272
踏青	// 273
流行感冒	// 274
走进原野	// 275
落花有情	// 276
女孩的七月	// 277
成熟的感觉	// 278
一种人生态度	// 279
信任的感动	// 280
得失之间	// 281
怜悯的伤害	// 282
不想刻意地浪漫	// 284
保持距离	// 285
心灵的归依	// 286
一句话的分量	// 287
遥望 20 岁的你	// 288

朝 + 圣 + 之 + 旅

有谁知道
藏在群岚背后的那个家
你一路走停停
把从眉头到心头的路
误认作是海角天涯

清风徐来
为你卷起秋天
露出了久违的春和夏
晓风残月的杨柳岸边
你的一行脚印如花

白云怜你
为了一首老情歌
把明亮的心声声唱哑
平平仄仄的岁月
竟被你参悟成了一刹那

多年以后
你终于走出
收藏了许久的那幅画
寻觅中的故事里
有一朵是你插上的昨日黄花

与普希金一起流放

2002.5.5

在俄罗斯,有一张熟悉的面孔时常让我远离独处异乡的孤独,那就是用油墨画成、用青铜铸成的普希金。早在我一页一页地摩挲着他的诗行时,他就成了我血脉相连的亲人。我一次次走进他的故居和文学博物馆,想更深地触摸他的灵魂。及至我一路长途跋涉来到普希金最后长眠的地方——普斯科夫州的普希金山,来到普希金流放时住过的小村米哈依洛夫斯克,我突然感到,这位被全世界的良知怀念着的诗人,嘴角眉梢带着全人类共同的骄傲和哀伤,从千古中慢慢地回转身来。

普希金山,也有人把它叫作圣山,严格意义上来说它并不是山,而是土石相间的一堆。普希金的墓就建在山顶,紧靠着一座白色小教堂。因为这座不是山的山承载了普希金的躯体,它便以无与伦比的高度屹立于俄罗斯广袤的土地上。普希金的墓由一座石方和立在石方上的尖塔形的拱门组成，直接的印象是无比的坚固，任何力量都不能将其摧毁。普希金的家人也都葬在他的墓旁，分享着人们对他的崇拜。环绕着普希金山和普希金墓地的，是一条光洁平坦的公路和一望无际的绿色丛林。在浩浩荡荡的林海深处，俄国北方的美丽小村米哈依洛夫斯克敞开胸襟，将这段因普希金而落墨浓重的历史展示给那些循迹而至的人们。

米哈依洛夫斯克村是彼得大帝赠送给他的宠臣，一位有着非洲血统的将军汉巴尼的，汉巴尼是普希金的曾祖父，正因为有了这样的祖先，普希金才会有着黑黝黝的皮肤和卷曲的头发。难怪埃塞俄比亚总统在访问俄罗斯时会自豪地说：我们也为世界贡献了一位普希金，我们为此骄傲！

只是，这个骄傲来得太迟了，普希金本人并未及时感受到。因发表歌颂自由、讽刺帝王专制的诗而引起沙皇震怒的普希金随后又

与奥德萨总督沃隆佐夫发生纠纷，普希金因此被沙皇流放。1824年8月26日，普希金被押解回米哈依洛夫斯克，从此遭到了软禁。富有戏剧性的是，在普希金被押解回乡的同时，普希金的父亲正紧赶着要到远处的邮局去给普希金寄诗，以抒发对远在南方的儿子的思念。令人费解的是，这次意外重逢并没有带给这位父亲丝毫的惊喜，相反，却是不尽的恼怒，因为这个并不讨他喜欢的儿子，把他用于制造冥想中的亲情的空间秩序给打乱了，更何况，此时的普希金是一个"戴罪之身"。普希金的父亲性情乖戾，他一直不喜欢普希金，把普希金送到皇村去读书，也是出于让普希金早一点离开家，他就可以"眼不见，心不烦"了。这位父亲还是个吝啬鬼，和我同乘一辆汽车去米哈依洛夫斯克村的一位俄罗斯朋友告诉我这样一个故事：一次，普希金的弟弟不小心将一个茶杯打碎了，当时，正在院子里晒太阳的父亲听到声音急忙跑进来，一面将茶杯的碎片往一起对，一面大声斥骂着，心痛得不得了。普希金的弟弟回了一句嘴：不就是20戈比吗，也值得这样？这位父亲大声吼道：什么20戈比！它值21戈比呀……

　　普希金当时冷冷地望着这一场景，猛地转身，将自己的手杖甩出好远……

　　可以说，在这个有几幢木屋，掩映于无际林海的小村中，普希金的家人以他们的冷漠"虐待"了我们的诗人，这远比沙皇的流放来得更加残酷。站在普希金的故居前，看着满园的苍翠和繁馥，望着屋后大片原野、山丘、原野中点坠着的小湖，以及诗人诗里写到的牧场和风车时,我不禁在想,诗人身前的萧瑟和身后的繁荣是不是会令这片风景如画的土地,在寻访者们杂沓脚步的碰触下,世世代代都摆脱不了彻骨的疼痛?

好在,心境凄凉的普希金渐渐地被乡村美丽的自然风光迷住了。在这里,诗人的灵魂和大自然融为一体,渐渐地安静下来,他写了一首《乡村》,献给米哈依洛夫斯克。诗中赞美清澈的小溪,静谧的树林,如镜的平湖,赞美连绵起伏的山丘和阡陌纵横的麦田。诗人对着米哈依洛夫斯克声声呼唤:我爱你,我是你的啊!没想到,一语成谶,仅仅8年后,普希金便静卧故土长眠不起,永远永远地留在了这里。

在米哈依洛夫斯克的故居内,普希金度过了两年寂寥的时光。在这里,缺少书,缺少信息,缺少亲情。在普希金的这段家庭生活里,他的奶妈,一个一字不识的村妇,给了他极大的慰藉。在奶妈的房间里,挂着普希金的手迹,其中有普希金献给她的诗。诗稿中,夹杂着普希金信笔勾勒的人像,栩栩如生。

普希金的房间是模仿英国诗人拜伦的房间布置的,普希金十分崇拜拜伦,他的壁柜上摆放着拜伦的小小铜像。房间内,一桌,一椅,一台灯,一立橱,一沙发,不奢华也不寒酸。在这里,诗人写下了大量举世闻名的诗作及长篇巨著《叶甫根尼·奥涅金》的前两章。普希金称圣彼得堡是他的"客厅",莫斯科是他的"欢场",而米哈依洛夫斯克是他的"书房"。在这个"书房"里,并没见到几本书,

在米哈依洛夫斯克村与一匹白马相识,离开时,我们竟有点依依不舍了。

房间内的摆设均为复制品,只有一根手杖和一只矮凳是原件。讲解员介绍说,那只矮凳安娜·沃尔夫曾经坐过。

安娜·沃尔夫就住在米哈依洛夫斯克村对面的三山村,那是一个贵族女人的世界。那幢阔大气派的房子里,住着五个女人:已经二次守寡的奥西波娃以及她的女儿安娜·沃尔夫、叶甫普拉克西亚·沃尔夫、亚力山德拉·奥西波娃。偶尔,还会有来此探亲的侄女安娜·凯西。普希金经常行走三俄里的路来此造访。在此,普希金受到了最高的礼遇。这里的每个人都在极力地讨他的喜欢。最早的普希金传记的作者安年科夫这样描写诗人在三山村的情景:每当看到普希金出现在通往三山村的小路上时,奥西波娃一家人便兴奋得如同过节一样,每个人都跑回自己的房间,急急忙忙地梳妆打扮起来……

情欲如诗情一样旺盛的普希金与她们每一个人都有着感情上的纠葛。正是这群可爱的女人激发了普希金的创作灵感:《叶甫根尼·奥涅金》中的塔吉亚娜与奥尔加的原型即安娜·沃尔夫和叶甫普拉克西亚·沃尔夫两姐妹。普希金的许多脍炙人口的诗作都是献给她们的:《草原上的最后几朵小花》是献给奥西波娃的;诗人对她的感觉是:"离别的时刻比重逢更甜蜜"。《我见过你那金色的春天》是献给安娜·沃尔夫的,诗人嘲讽她的单恋,占有她的肉体,但并不给她爱情;《假如生活欺骗了你》是献给叶甫普拉克西亚·沃尔夫的,诗人深爱着这位细腰、金发、轻如云雾的美少女,也只有她进入了普希金的"唐璜名单"——由普希金亲手写下的和他有过情事的100多位女人的名单;《我爱你,虽然我生自己的气》是献给亚力山德拉·奥西波

娃的,这是一段令诗人失望的爱情,诗中讴歌的女主人公因这首诗而名扬天下,而诗人却与他渴望的爱情无缘;《我记得那美妙的一瞬》是献给安娜·凯西的,这位令普希金心醉神迷的少女与普希金散步的那条林荫小径至今仍保留在米哈依洛夫斯克的花园里供游人观赏、瞩望,为人们完成往昔与现实的对接提供了实实在在的佐证。

可以说,三山村的几个女人在普希金短暂的生命中是值得写上一笔的。1837年1月29日,普希金死于丹特士的枪口下。噩耗传出,全国一片悲恸之声。我去过普希金在彼得堡的家,看见过普希金弥留之际躺过的沙发,用脚步抚摸过普希金去决斗时跨过的石阶,走过的小路,至今仍然能够感觉到诗人之死给那个时代带来的切肤之痛。当局害怕普希金的死会导致群众大规模的游行,命普希金的好友屠尔盖涅夫和一名士兵连夜将普希金的遗体运回普斯克夫州。当时,冰天雪地,寒风凛冽,经过两天两夜的艰难行走,屠尔盖涅夫一行到达了三山村。由于不熟悉路,天又太冷,屠尔盖涅夫和仆人先来到奥西波娃的庄园。庄园里的女人们闻讯悲痛欲绝。第二天,奥西波娃一家人陪着屠尔盖涅夫上了普希金山。当时,地冻透了,无法挖墓穴，他们就刨一个冰坑，将诗人暂且埋葬。到了春天冰雪融化后，才为普希金修了墓，正式将其安葬。可叹我们这位伟大的诗人下葬的时候，除了神甫和掘墓人之外，没有官方人士，没有亲人，只有三山村的几位好友在场。

到如今，170年过去了，当年普希金频频造访的三山村的故居博物馆里依然洋溢着浓重的生活气息，一个个房间环环相扣，实木架构的房屋里，钢琴、绣架、书柜、雕塑一应俱全，可以想象出当年生活的舒适愉快。这是夕阳即将照临的下午，一群游客围着讲解员，倾听着当年那群年轻人的罗曼史，仿佛这群年轻人刚刚离开，去林边的那张"奥涅金"长椅上谈情说爱去了。

上午到达普希金山，中午停留在三山村，黄昏时离开米哈依洛夫斯克，一天的时光在我还没有回过神儿来时就匆匆流逝了。离开米哈依洛夫斯克时，在树林里发现了一只从巢中跌落、嘴角的鹅黄还未褪尽的小鸟，伸长了脖子声嘶力竭地叫着。我守着她，看着一点一点坠下的落日，最后不得不揪着心匆匆离去。这时，立在通往普希金墓石径前的那块石碑赫然呈现在我的脑海里，那块石碑上刻着普希金的一首诗：在我的尸体前，流淌着激情澎湃的生活……因为有普希金的存在，生活才有了激情澎湃的可能。我相信，到过这里的人，无一例外地都会找到纯美生命的精神源头，无数心灵由此而认定归宿，找到起点。对于我来说，除此之外，久久不能释怀的还有那只小鸟绝望的鸣叫，一声一声地敲击着我的灵魂。

拜 访 托 翁

托尔斯泰的庄园位于莫斯科城外200公里处的小城图拉的城郊,那个地方叫亚斯尼亚·巴利亚纳,译成汉语即为"清爽的草地"。然而,一路走过来,想象中该是清爽的草地的地方,全都长满了大片大片茂密的森林,在视野的尽头连绵起伏。那深深浅浅、重重叠叠的绿色树冠随风飘摇,如绿色的波浪裹挟阵阵涛声排空而来,一路呼啸着,追逐着,却突然在一个有着两个柱形尖塔的白色大门前戛然而止。这个大门里面长眠着世界文学巨匠托尔斯泰,这是一个全世界的文学都为之屏息凝眸的地方。

沿着《战争与和平》中屡屡提及的那条林荫掩映的小路,绕过那个清漪涟涟的池塘,穿行于密林深处,走着走着,一幢白色的木质房屋忽然闪出身来,撞入了我的眼帘。我的心不由地加速了跳动——这是托翁的家,这是托翁生活了50多年的家。在这里,托翁养育了他的12个孩子,同时也把这片存在了300多年的园林养育成世界文学圣地。

在托翁故居的门前,有一大片空地,摆着长椅,种着花木,这是托翁与来访者会面的地方,最多的时候,会有五六十人同时聚集在这片空地上。他们敲响挂在树上的那口钟,听到钟声,托翁便从桌案前抽身来到这里,与他们亲切交谈。到这里拜见托翁的名人很多,契诃夫、屠格涅夫、高尔基、列宾、拉赫马尼诺夫,多得连托翁自己都记不清。大多数时候前来拜访托翁的是当地的农民,有人是来向托翁要钱的,有人是同他商量一些事情的,有人只是为了向他提一个问题。一个青年这样问他:依您看,我要不要找个人结婚?托翁回答道:"不要,最好不要,除非你没有那个人就活不下去了。"

说这句话的时候,是不是托翁本人也正经历着婚姻的烦恼呢?有许多资料显示,托翁的婚姻并不幸福,许多人都在谴责托翁的妻子索菲亚,说她给予托翁的爱太琐碎,搅扰了托翁心灵的宁静,侵占了托翁心灵的空间。可是,当我走进托翁的家,看着与托翁并排悬挂的索菲亚的肖像时,我忽然觉得,作为这样一个举世仰慕的文学巨匠的妻子,她的内心深处该是一份怎样的惶恐与忐忑?她陪伴了托翁整整48年,48年的每一天,她都需要超常地挖掘与透支她的聪明智慧以期与其身份相匹配,她要照顾这样一个伟大的丈夫和她的12个孩子,她要打理庄园的事物,要亲手为他们缝缀编结。同时,索菲亚还是丈夫的第一秘书,为托翁誊写书稿,托翁的笔迹只有她

能看得懂。她同孩子们经常做这样的游戏：在同一时间内，看谁第一个辨认出托翁的笔迹。托翁的许多著作都是她亲手抄写的，一部《战争与和平》，她就反复抄写了7次。

挂在托翁房间的那件白色的衣服和铺在床上的绒线床单都是她亲手缝制编织而成。那件白色的衣服样式很好看，即使现代人穿着，也不会给人古旧之感。铺在卧室床上的绒线钩织的床罩，色彩绚丽，花团锦簇，十分的精美，让人一看便可感觉到女主人是怎样爱她的家和她的家人。讲解员在为我们讲解的过程中一再为我们描绘这样一幅图景：在夜深人静时，索菲亚把庄园里的每一个角落都打理得安安妥妥之后，她伸了伸酸软的腰身，在灯前坐下，一针一线地缝着织着，疲惫无可争辩地写在她的脸上，忽然有两滴热泪滚落下来，她深深叹息着，把头埋在手上的织物里……

属于她的是一份十分不容易的生活，这一点是毫无疑问的。然而，托翁在生命最后阶段却是为了摆脱她的爱而逃离了这座"世界上最美丽的庄园"。在生命的最后一刻,她风尘仆仆地赶去探望在一个荒凉的小火车站卧病的丈夫,而托翁甚至不愿意见她最后一面。肆虐的寒风噬咬着她同样衰老的躯体,让她的血液循环得越来越缓慢的,没有别的,只有绝望。

也许,包围着索菲亚的重重困惑正是来自于托翁,而托翁的困惑却是来自于他对生命的深透洞悉和哲性参悟。有近20年的时间,托翁一直在享受着生活的温馨和安逸。他有一群可爱的孩子,有献身于他和他的事业的妻子,他同时又是俄罗斯最伟大的作家,全世界的目光都聚集在这个庄园里,为的是看到他的每一个表情,听到发自他的任何的声音。可是,有那么一天,他却突然对人们说,他已经走到了一个完全被弄糊涂了的时刻。他说:"我的生活就要停顿下来了,我不知道该怎样生活或者应该做什么。"而这一切皆因为他"已经没有什么愿望了"……

说这话的时候,托翁刚刚50多岁,当时,他仍然保持着惊人的体力和精力,他和农夫们一起在田间劳动,每天还要从事十来个小时的脑力劳动,从来都没有被累出病来,但他却被他所说的"生命的恐惧"给打倒了。

讲解员指着挂在墙上的一条绳索对我说:有一天,托翁从早到晚都拿着这条绳子,一直到睡觉时手里都握着它,后来,他嘱咐仆人把绳子藏起来。他承认,整整一天他都在想用这条绳子来悬梁自尽。而在此后的相当长的时间里,托翁一直不能从这种迷惑和焦虑的状态中解脱出来。

许多年后,托翁在他的回忆录里写出了他没有自杀的原因:他对生命的留恋并非出于怯懦,而是一种说不清楚的力量,使他的思想处于"无效"状态,他一时无法完全依靠他的"理性"来行动。但托尔斯泰毕竟是托尔斯泰,最终,他找到了一条解救自己的道路。其中,有许多启示是那些具有"非理性知识"的农民给他的。那些信仰多于理性的农民们,承受着生活的艰辛困苦,但他们的生命健康活泼,他们干脆不去考虑生命是否有意义,他们只要坦然地活着。意识到这一点,托翁就越来越喜爱那些农民了,越来越多地效仿他们对于生命的简单态度。他重新进入了在他成长以后放弃了的"宗教情感",在不断调节理性与信仰的过程中,冲开了令他陷入困顿的迷障。

在托翁的书房里,有一个皮制的沙发,托翁就出生在这个皮沙发上。托翁曾许多次对客人说:这个皮沙发原本在屋外那棵最高树上,他就出生在那棵树上。我特意去看了那棵树,那棵硕大无比的橡树

仍矗立在托翁屋前的花园内，她那沟壑虬结的树干曾千百次地被托翁的掌心摩挲过，婆娑的树冠似一位世纪老人，向游人娓娓地叙说着百年往事。事实上，托翁出生的那间房子早已不存在了，寻访者所见到的，只是一块小小的石碑静立在那里，标志着一个伟大生命的最原始的开端。

托翁的许多著作中的人和物的原型都能在这座庄园里找到对应。托翁太太的妹妹就是《战争与和平》中的娜塔莎的原型，托翁的外公是罗斯托夫公爵的原型。托翁案上的那个小铜狗，被写进了《复活》中；楼下那间客人留宿的房间，被写进了《安娜·卡列尼娜》中。托翁的书房里，陈列着39种语言文字的书，其中包括中国至贤、至圣的老子、孔子的书。托翁本人也会许多种语言。晚年的时候，托翁试图学习中文，但他没学会。他自我解嘲地说：不是中文太难学了，就是我太老了。

托翁一生酷爱骑马，他骑马姿势很美。年轻的时候，他喜欢打猎。人到中年时，又突然觉得打猎是不道德的事。而到了晚年，他觉得这

种奢侈的生活是一种罪恶。晚年时，他过着最简朴的生活，并且，越来越多地眷顾农民，经常到他们家里去同他们谈心，并开始为农民创作。他一生劳作不辍，更深地体味农民生活的艰辛，他在庄园里开医院，办图书馆，一心想让农民生活得更幸福些，但他最终没有做到。

在托翁离开庄园前最后停留的那个房间里，挂着一把割草的刀和农民的衣服。在一个寒冷的冬夜，他在完成了庄园的最后一项工作后，带着他的医生从这个房间里匆匆出走。这一去，从此阴阳两隔，再回来时，便成了一具冰冷的遗骸。

在儿童时代，托翁最喜爱的哥哥曾告诉过他：有一根绿色的棍子埋在沟的旁边，这根棍子有天大的魔力，可以让全世界的人都幸福，他和哥哥经常一起玩找棍子的游戏。托翁是在逝世后的第九天被运回庄园的，按照他的遗嘱，他埋在了密林中的一条沟的旁边，依着一棵高高的大树，他的坟墓很简单，只是一个方方的土堆，没有墓碑，但是，也许那里有一根绿色的棍子伴着他安眠。

夏日夕阳的余晖照着这个既是托翁的摇篮又是托翁的归宿的庄园。在那一条条羊肠小道上，托翁密密匝匝的足迹依稀还在。在那一棵棵粗可合抱的大树上，托翁犀利智慧的目光仍然停留在那里。因为有了托翁，这个夏日的黄昏变得丰富而柔和了，有一种深刻的感动澎湃在我心里。作为一个文学后人，我心中那个长久的期待终于在这个漫长的朝圣历程中找到了一个承纳的憩园，置身于此，我感受到了一种透彻心腑的幸福，这幸福是逝去一个世纪的托翁给我的。

梅里霍沃庄园：
契诃夫的海鸥还在飞

2003.6.25

有人这样对我说过，要想了解一个人，一定要到他的家里去看看。看看他的家具如何摆放，看看他的房间如何装饰。为了了解契诃夫，我来到了位于莫斯科州谢尔普霍夫县的梅里霍沃庄园。1892年，契诃夫从莫斯科随着父母移居于此，在这里一共住了6年的时间。

他刚刚到达的那一天，正在井边打水的农民立即围住身材魁梧、有着褐色眼睛和灰色卷发的契诃夫，问：你就是新来的地主？契诃夫说，不，我不是你们的地主，我是你们的医生。当时，32岁的契诃夫已经从莫斯科大学医学系毕业整整8年。然而，更加令人瞩目的是他在文学上的特异表现。其时，他已经拥有了相当一批迷恋者。这种迷恋既源于他的文学魅力，又源于他的人格魅力，同时，还有他英俊潇洒的外表。当然，迷恋后者的多为女性。

梅里霍沃庄园距离莫斯科大约有 100 公里左右，在一个安静偏远的小镇上，这里距离托尔斯泰的庄园不算太远。

我是在一个冬日的下午来到这里的。天空灰蒙蒙的，有一点萧瑟之感。走进庄园的大门不远，就看见了三颗高耸入云的参天大树，据说，这是契诃夫亲手种下的。

庄园的占地面积并不大，但别墅的造型和结构却很独特。别墅内一共有 8 个房间，其中，有一个房间有 4 扇通开的门，穿过其中的任何一扇门都能到达另外的房间，从而给人造成视觉上的错乱。契诃夫曾经开玩笑地让一位后来成为他妻子的女演员奥尔迦·克尼佩尔数过这栋房子里到底有多少个房间，这位女演员数来数去，硬是把 8 个房间数成了 18 个，契诃夫从此就把这个房间叫作"通达之屋"。

别墅里还有一个房间叫"意大利室"，镶的是威尼斯式的彩色

契诃夫庄园的讲解员是个非常温暖的女孩,她那如春风般和煦的笑容让衣衫单薄的我忘却了寒冷。

方块玻璃,非常炫目,契诃夫说,这是个让人远离忧愁的房间。还有一个小房间叫作"普希金室",房间内挂着普希金的画像,有许多藏书,其中有一部大部头的百科全书。

契诃夫的妹妹住的房间是整栋房子里最好的房间,不算宽敞,但很明亮,房间内装饰的吊灯、台灯都很精美,处处透着闺帏之气。客厅是整栋房子里最宽敞的房间,墙上挂着列维坦的画,摆放着钢琴。在靠窗口的位置,还有一张棋桌,桌上摆着棋子。这副棋曾经在契诃夫的作品中出现过。

契诃夫的朋友很多,崇拜者也很多。他与托尔斯泰、高尔基、布宁、库普林,以及画家列维坦、导演斯坦尼斯拉夫斯基交往密切。住在庄园期间,这些名人都先后造访过这里。托尔斯泰很欣赏契诃夫的文学才华,称他为"写散文的普希金",并赞扬他把文学推到了很深入的阶段。托尔斯泰在给契诃夫的信中由衷地说,契诃夫在《很可爱的人》中所塑造的可爱的女主人公的形象,使得他愿意把安娜·卡列尼娜牺牲掉。契诃夫当时还和柴可夫斯基通信,希望能和他一起合作歌剧,只可惜,不久后柴可夫斯基就去世了。

契诃夫风趣幽默,人缘很好,到庄园来拜访他的人很多,多到有的人在此住了一个月,契诃夫居然叫不上人家的名字来。画家列维坦更是这里的常客。他们一起打猎,一起钓鱼,一起讨论问题。后来,列维坦爱上了契诃夫的妹妹,当时,妹妹只有16岁,却已经在莫斯科市的一所学校里教书了。她喜欢舞蹈、音乐,对绘画也颇感兴趣，是个"阳光女孩"。妹妹对于列维坦的爱情拿不定主意，便跑来找契诃夫商量。契诃夫对她说：列维坦喜欢更成熟的女人，你有办法让自己再成熟一点吗？！

契诃夫酷爱音乐，他的作品如《舞会》等都涉及了音乐。契诃夫去世后，每逢他的生日和祭日，喜爱和崇拜他的人们都会在别墅内的客厅里开音乐会来纪念他。契诃夫称他的音乐天才来自于他的父亲，而他的心是母亲给的。契诃夫的父亲不但会拉小提琴，而且也喜欢"舞文弄墨"。他有记日记的习惯。他的日记记得很有意思：某某天谁来了，某某天谁走了，某某人吃了几个饼，羊又在院子里跳了一下……但他却要求契诃夫完美。于是，契诃夫便不断对自己说：人的一切都应该是美的，脸、衣服、想的东西，还有心。

住进这个庄园后，契诃夫的创作达到了鼎盛时期。作品大多达到内容和形式的完美统一，主题触及重大而迫切的社会问题，思想丰富深刻，艺术上叙事和抒情有机结合，别具一格。代表作《带阁楼的房子》和《我的一生》对当时流行的"小事论""渐进论"和托尔斯泰的"平民化"做了否定性描写，认为需要有"更强大、更勇敢、更迅速的斗争方式"；《套中人》揭示了令人窒息的社会环境中保守势力的猖獗和虚弱，反映出"不能再这样生活下去"的新的社会情绪；《带狗的女人》以爱情为题材，暴露庸俗、虚伪生活的无聊和可憎可恶；《醋栗》和《姚内奇》批判了蜷伏在个人幸福小天地里的庸俗和无聊，指出生活的意义在于争取"更伟大更合理的东西"。高尔基说，契诃夫的小说是"内容比文字要多得多的作品",以"篇幅不大的作品在做着一件意义巨大的事情:唤起人们对浑浑噩噩、半死不活的生活的厌恶"。他的小说《第六病房》曾使列宁深受感动。契诃夫的创作在世界文学中占有重要位置。他的中短篇小说和莫泊桑齐名,在戏剧方面的成就堪与易卜生媲美。在中国,契诃夫的作品在他逝世后不久便被译介过来,现在几乎所有他的小说和剧本都有了中文译本。若干名剧曾多次在中国剧院上演,拥有广大的观众。

契诃夫是怎样评价自己的呢?他说,他所写的是"对生活进行观察和研究的成果"。在参观别墅内的餐厅时,讲解员指着厨房的门告诉我们说,每次开饭时,契诃夫就坐在这扇门的门口,悄悄注视着大家的一举一动,并把他认为有意思的细节都记录下来,用作素材。难怪他笔下的人物个个栩栩如生。

除此之外,在短短的两三年内,契诃夫写了4部话剧:《海鸥》《万尼亚舅舅》《三姊妹》《樱桃园》。如今,这些话剧仍在世界各地广泛上演着。他的第一部话剧《海鸥》是在院心的一座像堡垒

似的小房子里完成的。这个小房子的门口挂着一块牌子,上面写着:我的房子,我在这里写《海鸥》。每当他写作时,房子上就升起一面旗子,休息的时候,这面旗子就降下来,朋友们看到旗子降下来后就会来找他聊天。《海鸥》完成后,在圣彼得堡等地试演没有获得预期的成功,契诃夫为此很沮丧。朋友们安慰他说,当初,《卡门》的首次上演不是也失败了吗?但契诃夫无论如何也听不进去,身心为此深受打击。

在完成《海鸥》的第二年,契诃夫和他深爱着的漂亮女演员奥尔迦·克尼佩尔结了婚。在契诃夫的房间内,陈列着他们的新婚座椅,马蹄形的,据说是象征着吉祥和幸福。列维坦送给他们的结婚礼物还挂在墙上,画面上是一棵橡树和一棵白桦树,橡树如亭如盖,白桦树纤巧秀丽,橡树是契诃夫,白桦树是他的妻子。令人觉得不可思议的是,他们的婚姻和命运发展的轨迹基本吻合《海鸥》的情节。他们婚后生的孩子死掉了,女演员不久也离开了他。而后,他肺病日重,前往德国南部疗养。1904年夏秋之际,契诃夫病逝,终年40岁。

契诃夫是医生，住在庄园期间，他每天下午 5 点至 9 点接待病人。他同时负责四个病院，医好了无数人的病，但他自己刚刚 40 岁就英年早逝。参观完毕，我与讲解员道别，这个端庄美貌的讲解员很温柔地对我说：祝你健康，契诃夫也是到了最后才知道，世界上没有什么比健康更重要的了，可是，已经晚了。

讲解员说，有一年，莫斯科一个戏剧学校的学生来庄园里住了一个月，在客厅里专门排演了契诃夫的话剧《海鸥》。

在世界上的很多地方，契诃夫的《海鸥》还在飞……

高 尔 基 故 居
讨 "苦"

2003.7.8

在位于莫斯科市中心的小尼吉塔街 6 号，"实现了震撼大地的最强大的革命和全世界文化时代之间的联系"的无产阶级文学大师高尔基，曾在此度过了生命的最后 5 年。这栋 19 世纪初被视为"摩登派"建筑典范之作的寓所，如今夹杂在鳞次栉比的高楼中，依然未减其"摩登"风韵。经历了大半生颠沛流离之苦的高尔基住进这所房子时已近暮年，也正因如此，"无产阶级的文学家"高尔基才有资格住进这样奢华的房子。当然，此时高尔基的文学生命依然如年轻人一般旺盛，更重要的是，只有高尔基才有可能赋予这所房子超越物质本身的特质。

高尔基，俄文是"苦涩"的意思。但在这座房子里，却是无论如何也找不到苦涩的痕迹。进了门庭往里一望，通往二楼的楼梯扶手赫然入目,这是用整块的青灰色大理石磨制拼接而成的,波浪造型的石板高高耸立着,大气磅礴地盘旋而上,让人联想到汹涌澎湃的无产阶级革命浪潮的蔚为壮观。在这个扶梯涌起的"浪尖"上,一只钟乳石造型的灯散发着奶酪一样柔和的光,给这过于阴冷的气氛播撒了一片温柔。其实,这个楼梯扶手除了充当整座建筑的点睛之笔之外,再无多少实用的价值,而那灯除了造型的美感之外,寸寸柔光却好像是从高尔基的双目里径直扫过来的一样。

与楼梯相呼应的墙上镶嵌着一排壁橱,橱里装满了图书,这是这栋摩登建筑内的小图书馆的一部分。高尔基被称为"职业的读者",他不仅爱看书,也会看书。高尔基的家庭图书馆共有44个书橱,陈列着1.2万册图书,其中,有一部分民谣民歌民间故事书籍,上面留有高尔基的批注,高尔基的创作源头可追溯于此,从高尔基的早期作品中,我们不难证实这一点。

与这个楼梯相对的是整幢房子里最大的一个房间——高尔基的

会客厅。穹庐式的天花板，没有窗棂的彩绘玻璃窗，红木雕花的门，这一切集中体现了这栋房子的建筑特色。在这个房间里，高尔基与许多俄国文学史上十分著名的大文学家有过交谈甚至辩论，交谈和辩论的结果是苏联作家协会诞生了，高尔基理所当然地当选为作家协会的主席。

可以推想，60多年前，就在这个房间的这张长方形大茶桌边，肩负着神圣使命的作家们，是如何执着于他们所热爱的文学事业，又是如何信服地凝望着他们的文学领袖。讲解员说，高尔基一般坐在靠窗左侧的第一个位置上，那里至今仍摆着他用过的茶具，亮晶晶地闪着光。一束淡紫色的小花袅娜地开着，馨香弥漫了客厅……被成就所覆盖的都有什么？和高尔基保持了20年的友好关系的罗曼·罗兰第一次造访这栋豪宅，便敏锐地触摸到了深藏于高尔基内心深处不足与外人道的苦痛，罗曼·罗兰十分肯定地下了这样的结论：高尔基非常孤独，内心充满了忧愁和温情。过惯了饥肠辘辘的漂泊岁月的高尔基"与这座建筑的摩登装饰很不协调，所以，他不喜欢这座房子"。

"高尔基"在俄语中是"苦"的意思。这是高尔基给自己取的笔名，大概高尔基在确定这一笔名时，早已忽略了个人的苦难。在他那间不大的工作间里，有一张很阔大的书桌，桌上，摆着几张高尔基带眉批的手稿，10支削得尖尖的红蓝铅笔以及钢笔、眼镜、墨水瓶等高尔基用过的物件。在这张书桌上，高尔基写出了25本文学作品，累计约250多万字，他就是这样壮心不已地为无产阶级革命文学不停地奠基。他在每天上午9点到下午2点伏案工作，雷打不动，工作效率极高。除了写作之外，他还修改一些文学青年的作品，帮助他们从作者走向作家，并由此获得精神的愉悦。

在这个房间里，处处渲染着高尔基对东方文化的挚爱。东方的瓷器、陶器、象牙雕刻，从日本傩到中国龙到印度钟，精美之至。还有中国古琴的琴桌、琴凳摆在靠墙的一侧，散发着怀古之幽思。据高尔基故居的工作人员介绍，高尔基在其他几个住所的工作室也是这种布局和陈设。有人开玩笑说，高尔基把自己的工作室走到哪里就带到哪里。在这间工作室的墙上，挂着意大利南部海岛苏莲托的风景画。引起我注意的还有挂在高尔基小而简单的卧室里的那幅风景画，上面描绘的同样是苏莲托的风景，至此，苏莲托在高尔基生命中的位置便凸显。即使可以在莫斯科这样豪华的寓所里颐养天年，高尔基还是念念不忘使他远离国内纷扰、一住就是十几年的苏莲托。

在这幢房子二楼的文学陈列室里，陈列着高尔基的手稿、文件，还有苏联作家协会颁发给他的一号会员证。高尔基的一幅和真人一样大小的油画肖像摆在正对门口的位置，高尔基的两只瘦而长的手做着一个颇具含义的手势，身后一片满含敬意的目光铺成了最契合的背景。

有两本巨型的相册很快吸引了我。其中一本全部是关于高尔基的漫画，顺手一翻，便看见画中那个瘦瘦高高的高尔基佝偻着腰，

身后背着书,胸前吊着书,腋下夹着书,手里握着书,兜里揣着墨水瓶,瓶里插着一只粗大的钢笔,如此传神,看后让人忍俊不禁。还有一幅漫画是和苏莲托有关的。高尔基穿着泳裤坐在苏莲托的海边,用一只硕大的手指按住即将爆发的火山口,漫画的上方写着"苏莲托真理报"几个字。高尔基在苏莲托住过,这就是苏莲托的真理。由于高尔基的留居,苏莲托,这个异国的海滨小岛承载了多少苏联人遥望的目光。有一位苏联文学青年寄信给远在苏莲托的高尔基,信封上赫然写着:意大利—苏莲托——马克西姆·高尔基,这封信高尔基居然收到了,这个信封也被展示在高尔基文学陈列室里成了文物,以此证明高尔基和苏莲托之间不可言说的缘分。

是一大批热爱文学也热爱高尔基的人唤回了这位客居异乡的文学大师。有一位医院的女护士写信给高尔基,强烈要求他回到祖国来居住。高尔基回信说:我也想回去,但我没有地方住啊!莫斯科当然不能让这么伟大的作家没有地方住,于是,高尔基便拥有了这栋房子。可是,当有人在祝酒词中说到要为这栋房子的主人干杯时,高尔基满脸不悦,大声纠正说:这栋房子不是我的,是莫斯科市政府的。高尔基为何会有如此强烈的反应呢？曾有人做过极其大胆的猜测。据一些资料介绍，晚年的高尔基虽享誉文坛，但也有许多无法排解的苦恼：与儿子的死有关的，与无产阶级文学有关的，与无产阶级革命有关的，还有与无产阶级文学和革命都有关的。上面酒会上流露出来的苦恼，则是与这栋房子有关的。

按理说，房子本身应该不能构成高尔基痛苦的理由，纵观高尔基的作品，苦涩，几乎成了不可淡化的统一背景。过早地接受了人类赤贫印象，后又被革命的残酷震惊得陷入道德混乱的高尔基，住在这所阴气过重的房子里，重又被连续不断的革命浪潮层层包围起来。他太多的称誉与光环使他无法面对触目可及的错误和痛苦，而他又注定无法逃遁，就连"永远的、徒劳的逃避"的权利都丧失了。由此猜想，高尔基的苦痛比我们能够理解的不知要深重多少倍。

其实，房子的归属并不重要，就连高尔基本人也是属于苏联的，属于俄罗斯的，甚至属于全世界的。高尔基在世时，这栋房子被誉为是当时的"作家俱乐部""国家出版社""海外文化交流中心"。高尔基辞世后，仍然不断有人为纪念凭吊他来到这里。1961年，国家将此改建为故居博物馆，供所有热爱高尔基和他的文学的人们，追思缅怀一代文学巨匠之于世界的不朽遗存。

参观高尔基故居是令我无比感动的精神旅行。无论是俄国人还是外国人，到高尔基故居博物馆来参观都是免费的，只需要做简单的登记即可。如果愿意，参观者可以往一个小小的募捐箱里投上一些卢布，用于博物馆的修缮。工作人员与参观者说话时声音无比轻柔，目光也是软软的，包含着对参观者的一种欢迎和接纳，同时，也是对与高尔基有关的文学情感的悉心呵护。

在登记处，一位女作家正在签名售书。这是一本关于高尔基故居建筑的书，里面有极其精美的图片。我买了一本，这位端庄大方的女作家便在书的扉页上写道：

因为您来参观高尔基故居博物馆，我们会记着您——安娜·彼列科娃于莫斯科初秋。

一排俄文字母写得如行云流水般顺畅，我很高兴地珍藏起来，只有这一切，才是高尔基之于这个世界的和谐延续。不过，这座高尔基并不喜欢的房子成了一个重要的参与者，不知道高尔基是否情愿。

莱蒙托夫故居：
繁华背不动的寂寞小院

2003.8.9

在莫斯科最繁华的新阿尔巴特大街上，有一座莫斯科最大的图书城，就在这座热闹的图书城的背后，莱蒙托夫的小木屋静悄悄地立在那里。在仲夏热情的阳光里，街边的喧嚣声把世界搅得躁动不安，可莱蒙托夫的小院却近乎矜持地与凡尘保持着不容混淆的距离。冥冥之中，莱蒙托夫不死的灵魂似乎仍盘旋在这座小木屋里，冷眼观看着这个被时间的车轮碾得面目皆非的世界，眼神里有着些许寂寞，这种寂寞足以使所有在这个物欲横流的世界里仍然固执地爱诗的人们心痛不已。

推开那扇小小的木门，第一眼瞥见的是院子里荒芜的杂草。在杂草丛中，有稀稀落落的几枝花亮着鲜艳的面孔，好心肠地向来访者拱出一副笑靥来，好像怕冷落了谁似的。在靠墙的一边，有一把长椅孤独地坐在角落里,上面蒙着厚厚的灰尘,显然,有相当长的一段时间没有人与它亲近过了。木屋的门显得很小,很内向地垂着深褐色的眼睑,一副乐得清静的样子。我甚至犹豫了几分钟才推门进去,进去后才发现,这里真是清静得很。在这个双休日的下午,我是这里的唯一访客。一位上了点年纪的"玛达姆"见有人进门,乐呵呵地招呼我,带着我参观故居。这位和蔼面善的老人和我想象中的莱蒙托夫的外祖母一模一样,我甚至想问一问这位老人与这个故居及故居的主人是否有一点什么渊源,但碍于表达的不便,只好作罢。望着空荡荡的故居博物馆,我暗地里有几分"幸灾乐祸",我甚至害怕有新的来访者进门,我庆幸这样一片神圣的空间被我一个人独占着。

这是一座上下两层结构的木板房,楼下是起居室、外祖母的卧室、厨房、餐厅等,莱蒙托夫住过的房间在楼上,要爬过几级木板楼梯才能到达。莱蒙托夫的房间不大,但光线很好,明亮而温暖。小小的写字台上,摊着莱蒙托夫尚未写完的诗稿。房间的中央,画架上还有他尚未画完的画稿。所有的景象都令人从心底里叹息这位少年英才离去得太早了。从楼下到楼上,"外祖母"絮絮叨叨地讲着莱

蒙托夫的往事，透过这些往事，曾经离我无限遥远的早夭的天才诗人慢慢地踱步而来，岁月逆转，我真实地触摸到一个值得被人纪念的生命和一种被权势揉皱了的生活曾在这里被无可复制地演绎过。

莱蒙托夫从小就饱尝了生活的不幸。他3岁丧母，由外祖母拉扯着长大。莱蒙托夫的外祖母自己的生活也极其不幸，她37岁开始守寡，44岁时又失去了自己的独养女儿，而后，她把全部的爱都给了莱蒙托夫。在这个小外孙的身上寄予了无限的希望，将其培养成为一个天才的诗人，却不料23年后，她在这个世界上唯一的亲人也先她一步绝世而去。4年后，她抑郁而终。按照这位出身高贵的老人的遗嘱，她的遗体被安葬在莱蒙托夫的棺木旁，不离不弃地守护着她在世界上的最后一缕牵挂。在这座小房子里，外祖母房间的陈设并没有什么特别之处，铺着床罩的带帷幔的小床，敦实厚重的梳妆台，质地华贵的金丝绒落地窗帘，都是普通的俄罗斯人家必有的物件。可是，萦绕在我的记忆中久久不能散去的，是我走进房间的那一瞬间的感觉：空气中，似乎有一种醇厚的红菜汤般的味道，这是亲情的味道，是爱的味道……

诗在莱蒙托夫的生活里意味着什么？诗是莱蒙托夫的生命，但也是诗，使他的短暂的生命难逃厄运。

"诗人的生活岂能没有苦难，海洋岂能没有巨澜？"

写下这两行诗的时候，诗人的生活里已经充满了苦难和巨澜。

莱蒙托夫以一个诗人特有的敏锐和洞察力，透过世事浮华的表面，认清了其腐朽的本质，并由此形成了其叛逆的性格。他不满现实，质疑现实，拷问现实，他的思想脉络织就了他的诗作的经纬。其实，厄运从莱蒙托夫握住笔的那一刻开始就已经注定了。莱蒙托夫最敬仰的诗人是普希金，他为了悼念普希金而创作的《诗人之死》，惊世骇俗，气势恢宏，强烈表达了俄罗斯人的愤懑情绪，在俄罗斯百姓中广泛传诵，因此触怒了俄罗斯当权者。而后，他又接连写出了许多不合时宜的诗。和普希金同样以诗犯上，藐视皇权的莱蒙托夫最终落得与普希金同样的下场：他被流放到了高加索。在流放地，他遭遇了与普希金同样的死法：在决斗中被枪杀。

杀死莱蒙托夫的是他早年的同学马尔蒂诺夫。爱开玩笑的莱蒙托夫曾多次嘲弄过马尔蒂诺夫的自命不凡、自私自利，着实令马尔蒂诺夫恼怒不已。此次相遇高加索，马尔蒂诺夫执意要与莱蒙托夫以决斗的形式一分高下，莱蒙托夫在不得已的情况下草草应战。

1841年7月15日的夜晚，决斗在马舒克山西北坡进行。当时，电闪雷鸣，大雨滂沱，一场悲剧就在这样的背景下拉开了帷幕。在场的证人留下了这样的记载：莱蒙托夫并不想置对方于死地，只是朝天开了一枪，可马尔蒂诺夫并不领情，正对着诗人扣动了扳机。子弹当胸击入，射穿了诗人的心脏。就这样，诗人死了，在那个大雨滂沱的夜晚，年仅27岁。诗人倒地时发出巨人般的轰鸣是雷声雨声所无法掩盖的，俄罗斯的百姓以一颗颗爱诗的心感到了强烈的震撼。许多人认为，马尔蒂诺夫执意要与莱蒙托夫决斗是受当局的挑唆。

于是，俄罗斯大地再次响起一片悲呼：俄罗斯当局对诗人的射杀从来都没有落空过！

莱蒙托夫的遗体被安葬在马舒克山的山坡上，那是他倒下去的地方。一年后，莱蒙托夫的外祖母想尽一切办法，花费巨额财产，将莱蒙托夫的遗体从遥远的高加索山区运回自己的庄园，在阿莱谢耶夫家族的陵园中为莱蒙托夫举行了第二次葬礼。莱蒙托夫就长眠在这里，这里是他出生的地方。

常抱赤子心，悲泪盈洪荒。
歌声清且醇，无言意更长。

这是李大钊先生亲笔翻译的莱蒙托夫的诗。李大钊是个懂诗的人，在俄罗斯的茫茫诗海中，先生对莱蒙托夫的诗情有独钟。鲁迅先生对莱蒙托夫也有不一般的评价，称他力抗权贵，至死不曾稍退。可见，莱蒙托夫无论作诗还是做人，都有其独特的光彩。在俄罗斯，莱蒙托夫的诗也颇受人们的喜爱。当我问陪同我参观的"外祖母"，俄罗斯人怎样评价莱蒙托夫和他的诗时,"外祖母"反问道:在莫斯科,人们为他立了纪念碑,纪念碑下,常常有人献鲜花纪念他,这一切,你难道不知道吗?老人指着墙上满挂着的莱蒙托夫的亲笔画作给我看,其中有一幅是莱蒙托夫在高加索山上骑在马背上的潇洒身姿。老人久久地端详着这幅画,良久,她才开口说:瞧,他人长得多帅,他的画多美,他的诗更是好得不得了。他是一个世间罕见的天才,如果再给他5年时间,他会是又一个普希金。

我在心里暗暗地否定着"外祖母"的话,莱蒙托夫只是莱蒙托夫就足够了,他不必是普希金。

然而,有一点让我心里有一丝的熨帖,那就是,莱蒙托夫至少没有被滚滚红尘所淹没,人们总会记得他。我开始盼望着有和我同样爱诗的人,怀着对莱蒙托夫同样的敬慕之情来到这个小院里,来看看这座莱蒙托夫生活了好几年的小房子,看看莱蒙托夫在这座小房子里是怎样写诗和作画的。突然,我的目光落在通往莱蒙托夫卧室的楼梯上,那个楼梯已经被磨得光光的,显然,在我的前面有过无数的先行者,当然,在我的后面,也会有许许多多的后来者,这些人,都是到莱蒙托夫故居觅诗的。

参观莱蒙托夫故居的那个晚上,我找来莱蒙托夫的诗集细细地品味着。是的,只要有诗在,就一定会有人读,莱蒙托夫又怎么会寂寞呢?而我们这些自诩为爱诗的人,又有什么理由让莱蒙托夫感到寂寞呢?

向屠格涅夫的橡树致意

2003.8.15

凌晨4时许,我乘火车来到了俄罗斯中部的一座叫作"奥列尔"的小城。如果没有屠格涅夫,也许我这一生都不会到这座被细雨浸润的小城来。从小城奥列尔到屠格涅夫的庄园所在地"斯巴斯果伊·鲁托维诺沃"要坐将近两个小时的公共汽车。车窗外,时令还早,路边的残雪还未化净,小草却终于忍不住地先绿了。树木的枝条上,星星点点地萌生着嫩黄的幼芽,早归的"格列奇"鸟筑在枝头的鸟巢一路排列过来,就这样,春天和屠格涅夫就在不知不觉中一起走近了。

占地40公顷、有200多年历史的屠格涅夫庄园被重重叠叠的树木包裹着。在我的视野里,一座白色的小教堂,一幢马蹄形的房子,一排长长的马厩,一间独立的浴房,剩下的就只有密密匝匝的树木

了。屠格涅夫是在 1850 年从母亲手上继承了这座庄园的。站在屠格涅夫故居的门前，我搜索着脑海里有关屠格涅夫对这栋房子的描述："这是一座粉红色的木头房子，呈马蹄形，门口的前廊建得像一座阳台一样……"穿过这个"阳台"拾阶入室，屠格涅夫的家便坦诚地向我们洞开了。

屠格涅夫的故居里一共有 15 个房间，二层的 6 个房间被用作了庄园博物馆的工作室，我们参观了另外 9 个房间。虽然房屋是后来重修的，但房间里的家具及摆设均是原件。

讲解员带我们首先走进了一间小餐厅，这是屠格涅夫及其家人用餐的地方。屠格涅夫的家也曾人丁兴旺过，来来往往的客人很多。每到开饭的时候，仆人会敲响一座大钟，钟声会远远地传开，家人和客人闻声后会同时赶过来吃饭，迟到者会被拒之门外，只好为迟到付出饿肚子的代价。更让人觉得不妥的是，这个规矩同样适用于客人。直到屠格涅夫成为庄园的主人后，这个规矩才被废除。

我问讲解员那口钟现在哪里，讲解员笑着说：那口钟早已不见了，但这口钟你认识吗？我仔细端详着摆在餐厅角落里的一座立式大钟，记起屠格涅夫在《警卫队长》中有过这样的描写：在房间的角落里，立着一座很高的大钟，钟的顶部像尖塔一样。至今，这座尖塔一样的钟仍在"不屈不挠"地摆动着，并按时打点报时，仿佛为了不辜负主人笔墨的垂爱似的。

在与餐厅相连的一个小客厅里，我看到了屠格涅夫的"魔床"。在一个作品里，屠格涅夫这样写道：这里有一张很危险的床，只要躺上去就会睡着，我会尽量离这张床远一点……这张"魔床"是墨绿色的，床体很宽，床的三面都有高高的墨绿色护围，很安稳、很舒适的样子，一看就知道是个制造睡眠的好地方。

给我留下最深刻印象的是屠格涅夫的工作室。在这间工作室里，珍藏着屠格涅夫家族的两件"镇宅之宝"：一件是一套1771年出版的《法国大百科全书》，另一件是那个十分古旧的神像。神像的来历我没有弄清楚，只知道它很珍贵，珍贵到屠格涅夫的母亲每次外出时都要随身携带着。在室内正中央的那张铺着绿色毡布的长方形大写字桌上，摆放着屠格涅夫用过的两支笔，透过玻璃罩，我依稀看到了屠格涅夫留在上面的指纹。

屠格涅夫是一位有独特艺术风格的作家，他擅长细腻的心理描写，尤其善于细致雕琢女性艺术形象，而他对旖旎的俄罗斯大自然的细腻描写则使其成为享誉世界文坛的风景画大师。有人说，屠格涅夫是第一位注意到细碎的阳光及折射的光影在人身上产生特殊效果的俄罗斯作家。就连列夫·托尔斯泰也对屠格涅夫描写景物的高超技巧赞赏有加，认为在屠格涅夫之后，"无人敢碰这样的对象——大自然。两三笔一句，大自然就散发出芬芳的气息。"

就是在工作室的这张写字桌上，就是用这两支笔，屠格涅夫写出了他的6部长篇小说中的5部：《前夜》《父与子》《烟》《贵族之家》《处女地》。其中《父与子》是屠格涅夫的代表作。这部小说为俄罗斯文学贡献了一位带有"新人"特征的"多余人"形象，或者说是带有"多余人"特征的第一位"新人"形象——巴扎罗夫，并且还为人类思想史贡献了一个赫赫有名的哲学术语——虚无主义。屠格涅夫虽然常年在国外居住，但是对俄罗斯社会思潮、各阶层心理的微妙变化竟能把握得如此精准，不能不令人叹服。

讲解员说，屠格涅夫身高1.93米，虎背熊腰，十分魁梧。在不到40岁的时候，他的头发已经全部变白了，莫泊桑笑他像是童话里的"白发巨人"。母亲从小就给了屠格涅夫极好的教育。从童年时代起，他每天6点起床，然后用冷水浇身、上课、骑马、击剑、劳动，样样俱到。应该说，他的博学是她的母亲一手铸就的。他懂11门外语，他15岁那年就考进了莫斯科大学，他的渊博曾令主考官大吃一惊。

我参观了屠格涅夫的图书室，那是整座建筑里最大的一间。房间里靠墙摆放着8个浅棕色大书柜，书柜的样子很"憨厚"，书柜的门有点像中国普通人家的房门，可以从一侧打开，又有点像书的封面，只要轻轻地一揭，里面的多彩世界便会赫然呈现在视野里。讲解员告诉我们，最多时，这里的藏书达到4万册，目前仅存4000册，其中一部分摆放在奥列尔城内的屠格涅夫文学博物馆里。

屠格涅夫曾经说过，他的生平就在他的作品里，作为一位庄园主，他是一名"开明、行善"的地主。性情宽厚，平易近人，乐善好施，农民们都喜欢他。在这样一位主人手下劳动，农民们自然会感到舒服，但久而久之也滋长了他们对主人的轻慢与藐视。在屠格涅夫的马厩旁，讲解员给我们讲了这样一个故事：在一个大雪天，屠格涅夫坐着马车出门，马车在中途停了下来，许久不动，屠格涅夫感到着急，他探头一看，原来车夫和他的跟班两个人玩起了纸牌。屠格涅夫只好把头缩回去，一直等他们玩够了才继续赶路……

屠格涅夫的作品中充满了对备受欺凌的劳动人民的同情，写出了他们的聪明智慧和良好品德，具有强烈的反农奴制的倾向。他为农民办乐队、开图书馆、建养老院、付养老金，他还资助了许多文学青年，只是后来他资助的文学青年大多离弃了文学，屠格涅夫因此被人笑为"良莠不分"。屠格涅夫的朋友很多，作家、演员、画家都有。托尔斯泰也到过这里，很喜欢屠格涅夫家的客厅，喜欢那种朴素温暖的气氛。托尔斯泰对屠格涅夫的作品给予很高的评价，称赞他有过人的才华，但对他的行善之举却不以为然。就在这个庄园里，还发生过这样一件趣事：前来庄园探望屠格涅夫的托尔斯泰与屠格涅夫因"行善"的问题发生了激烈的争执,激烈到最后托尔斯泰竟要与屠格涅夫以决斗的方式一较高下,所幸屠格涅夫没有赴约,从此两人断交了17年之久。

讲解员把我们引到了女裁缝阿芙多吉娅的房间里。房间里的光线很好,陈设简单朴素,却很舒服。在庄园里,正是这个年轻貌美、举止优雅的阿芙多吉娅让年轻的屠格涅夫心生波澜、一见钟情,迅速坠入爱河。但是,少爷的风流韵事很快传到了屠格涅夫母亲的耳朵里。性格越来越乖戾的母亲大人认为,屠格涅夫与阿芙多吉娅之间的爱情"纯粹是出于肉体的爱",便将阿芙多吉娅赶出庄园。当时,姑娘怀有身孕,独自一人含悲忍泪来到莫斯科,几个月后生下了女儿波拉格娅,这是屠格涅夫在世界上唯一的血脉。阿芙多吉娅将出生不久的女婴送回屠格涅夫的庄园,自己嫁给了一个平民。屠格涅夫无法忘怀这一段爱情,他写了一首小诗《一朵小花》,倾吐了他对阿芙多吉娅的思念和歉疚:

你采下了小花,却伤害了它……
她来到尘世,莫非只为偎在你心?

这一段夭折的爱情或许对屠格涅夫的爱情观产生了一些影响,因为作家本人日后的情爱体验明显是倾向于灵魂的爱,而非肉体的爱。极有可能的是,屠格涅夫在内心深处将肉体与灵魂做了彻底的切割。当然,对屠格涅夫产生决定性影响的不可能是阿芙多吉娅,也不是他的母亲,而是一个不同凡响的外国女人,法国西班牙裔女高音歌唱家波丽娜·维亚尔多。25岁的屠格涅夫在圣彼得堡第一次见到维亚尔多，就犹如电光火石，着了魔一般地爱上了这个女人。为了这个女人，屠格涅夫不惜离家去国，天涯海角地追随她的脚踪，甚至将自己的女儿波拉格娅送给她做养女。其时，这个女人已嫁做人妇，夫君是法国人，与屠格涅夫一见如故。

屠格涅夫活了65岁，真正住在这个生他养他的庄园里总共只有17年。为了追寻这份不平凡的爱情，他一生大部分时间都住在巴黎，总是与维亚尔多一家毗邻而居，且时常造访。维亚尔多的丈夫比她大20岁，在很长一段时间里，他对妻子有这样一位崇拜者或许是能够心平气和地对待的。屠格涅夫作为维亚尔多和那个家庭的朋友与他们共同厮守着。他终生忠实于这个女子，终身未娶，以至于在他逝去后这座偌大的庄园后继无人。最终，屠格涅夫的庄园被他的一位远房亲戚承袭下来。不幸的是，这位亲戚也很有钱，对这座庄园并不感兴趣，庄园曾被长期闲置无人问津。1939年，庄园失火，这幢马蹄形的房屋被焚毁了好几间，屠格涅夫童年时住过的房间也没能幸免。

我注意到，故居的房间内挂着的所有屠格涅夫画像都保持着同一种特殊的姿势：他把右手伸进衣服内按住胸口，那是心脏跳动的地方，也许，那里潜伏着令他一生都隐隐作痛的秘密。

屠格涅夫对待爱情的方式完全是"柏拉图式的"，尽管他所追求的对象对他十分平淡，尽管像他自己所说的他"一直生活在那个家庭的外边",但这并不妨碍他的爱情延绵到他生命的最后一刻。临死前,屠格涅夫把所有他写给维亚尔多的书信和其他文稿全部交给维亚尔多保存,没想到所有这些珍贵的资料都被维亚尔多付之一炬。屠格涅夫把毕生的爱都奉献给了维亚尔多,但献给她的诗在全集中只有一首,这就是《我为何一再吟着忧郁的诗?》

> 我为何一再吟着忧郁的诗?
> 那热情的声,那动听的音,
> 为什么,夜阑人静时,
> 飞进我身边,要我倾听——
> 为什么,不是我将那隐痛之火
> 点燃在她的心中……
>
> 她胸间愁苦的呻吟
> 不是为我而悲恸。
> 这又是为何,我的心,

疯狂地奔去她的脚下,

就像海浪起伏翻滚

涌向无际的天涯?

一声声的发问,饱含着无限的深情,这份不能专有又无法遏制的爱情令屠格涅夫怎样痛并快乐着,我们从这仅存的一首情诗中可见一斑。另外,我们在屠格涅夫给涅克拉索夫的信中读到这样的一段话:"说真的,不能再这样待下去了,已经看够了人家的面色,自己又没有家,待着干什么。"可见,那种与人分享的爱情和寄人篱下的滋味很难受。可是,他承认还是无法抵挡爱情的魔力:"很久以来,她在我的心中是女中豪杰,她永远使别的女子黯然失色。我自作自受,我唯有在一个女子踩在我的脖子上,将我的头按进泥土里时才感到幸福,我的上帝呀……"有关屠格涅夫和维亚尔多及她的家庭到底遵循着怎样的情感格局,我们已经无从考证,但在屠格涅夫临终前,维亚尔多是守在他的床前"唯一亲近的人"。只有这个女人,对屠格涅夫的死伤心欲绝。

我在屠格涅夫的工作室里看到了这位西班牙女歌唱家的半身画像,那张半身像就放在屠格涅夫的工作台上。并不完美的一张面孔,但却镀着一种令人炫目的光辉,在这层光辉的掩盖下,是一种深不可测的秘蕴。能让屠格涅夫40年如一日地痴恋着的人,一定有着常人无法企及的地方,只是我无法参透而已。不过,我的脑海里还是霎时冒出一个著名的典故:赛壬的歌声。

从 60 年代起，屠格涅夫大部分时间在西欧度过，在那里结交了许多著名作家、艺术家，如左拉、莫泊桑、都德、龚古尔等，他的作品在西欧受到了广泛的赞誉。他参加了在巴黎举行的"国际文学大会"，被选为副主席（主席为维克多·雨果）。越近暮年，屠格涅夫的思乡之情越浓烈。1881 年，屠格涅夫最后一次回到庄园探望，盘桓数日后离开。他本来计划自 1882 年起回庄园安度余生，从此不再离开，可是，这个愿望最终被他带进了坟墓。

1882 年初，屠格涅夫一病不起，转年便离开了人世，终年 65 岁。在将近一年半的时间里，屠格涅夫被一种奇怪的疾病折磨得死去活来。死后，医生将其尸体解剖，才知道他得的是脊髓癌。屠格涅夫留下遗书，死后要葬在圣彼得堡的文学公墓中，他不愿意把自己埋葬在庄园外面那座安息着他的祖先的阴冷潮湿的墓室里，因为他在童年时进过墓室，被墓室里的阴郁冻透了。我曾想到这个墓室里看一看，可远远望去，墓室的门"铁青着脸"，一副拒人千里的样子，转念又想，连屠格涅夫都不愿意多留一刻的地方，不看也罢。

屠格涅夫的庄园历尽沧桑。二战期间，好端端的一个庄园被蹂躏得面目皆非，几近倾颓。1976 年，苏联政府在原有的地基上将这栋房子复原。1998 年，俄罗斯前总统叶利钦来到这里参观，下令修复庄园大门口处那座一直废弃的教堂。这座教堂的经历更为传奇：革命后做过苏维埃政权的仓库，二战时做过德国人的马厩，战争结束后又被修整为当地图书馆的阅览室。屠格涅夫不是一个虔诚的教徒，他每次来教堂做礼拜都只是来看看，但这并不影响这座教堂存在的价值。教堂在短短的时间内就被修复了，我看到它时，它的身上搭满了建筑用的脚手架，说明人们对它的修缮呵护没有间断。讲解员说，有人责怪屠格涅夫不够爱家，不够爱国。屠格涅夫长年住在国外，生活和思维都是西欧式的，但笔下却写的尽是俄罗斯，这不正说明他对故土、对祖国无法割舍的爱恋吗？

临离开时，讲解员带我们去看了屠格涅夫亲手种植的橡树，现在已经180岁了。橡树参天而立，像一位世纪老人在静观世间沧海桑田的变迁。庄园内，有好几排树木夹成的罗马字母造型的甬道，想必屠格涅夫曾无数次在此徘徊过。园内的树木大多还未从冬天里醒透，我只能站在屠格涅夫的季节里让想象中的绿色繁荣起来。

我问讲解员，屠格涅夫喜欢的夜莺还唱歌吗？这位端庄秀丽的女士告诉我，每年的5月份开始，夜莺就会婉转地歌唱了，直到把人的心唱醉。

可惜，现在季节还未到。站在园中，我在幻觉中听到了阵阵清脆的鸟鸣从天空密密麻麻地泼洒下来，我的耳边响起了屠格涅夫的临终寄语："当你去斯巴斯果伊，请替我向我的房子、花园、年轻的橡树致意——请替我向祖国致意，我大概不能再看到他们了……"

肖斯塔科维奇在这里住过

2003.9.1

一个初春的傍晚,我来到了位于莫斯科郊外的俄罗斯作曲家协会别墅——卢扎创作别墅。

下车时,暮色四合,已经看不清楚周围的景物了,只觉得泥土的芬芳裹挟着树木花草的清香扑面而来,空气中新鲜的氧气争相沁入我身体中的每一个细胞,整个人立刻感到轻爽起来。进入到别墅的围墙内,满眼都是枝丫吐翠的树木。柔和的路灯映衬着在密密麻麻的树林中劈开的一条条或宽或窄的小路,小路的延伸处,几十栋用原木砌成的木头房子,悄然伫立在缀满繁星的宝蓝色的天幕下,端庄、娴静、敦厚,还有一丝神秘,美得像是在童话里。

登记后,我领到了五号别墅的钥匙,同时还有熨烫得平平整整的床单被单。沿着一条林间小径一番拐来拐去之后,在那个曲径通幽处,一座通体散发着原木清香的木屋敞开怀抱迎接了我。

卢扎创作别墅修建于20世纪40年代初,当时斯大林亲自下令将这片距离莫斯科75公里、几十公顷的土地划给作曲家协会。卢扎创作别墅建成后,她立刻成了苏联音乐文化艺术的圣地。围墙内除了30多栋别墅外,食堂、浴池、图书馆、音乐厅、会议室一应俱全。每位作曲家每年可享受在此免费居住一个月的待遇,但需要预先申请,而且要注明创作细目。卫国战争时期,这片"世外桃源"中诞生了许多不朽的伟大音乐作品。因为我深知卢扎创作别墅的背景,所以,我是抱着一颗对音乐的景仰之心来到这里的。

打开房门,我不由得发出了一声惊叹:三个布局合理的宽敞房间,让人亲切得如同走进了自己的家门。其中一间是"书房",有三角钢琴、写字台、沙发、音响和电视机等,另两间是卧室,里面摆放着实用的大床和柜子。我轻轻打开写字台的抽屉,发现有许多摆放整齐的五线谱纸和已削好的铅笔。壁橱里,不仅有全套的盘子、刀叉,就连各种茶具、酒杯都很齐全。最让我欣喜的是那个门庭处的壁炉。这个初春的晚上,房间里还有丝丝寒意。我从房门口码放整齐的柴垛上取来了劈好的白桦树木块,投入壁炉中,随即,温暖的炉火立刻熊熊燃烧起来,火光映亮了我一直以来漂泊不定的内心。也就在这一刻,一个更大的惊喜窒息了我。

肖斯塔科维奇在这里住过——一块小小的牌子映入了我的眼帘。我的心随之狂跳起来，我简直不敢相信我的幸运。

肖斯塔科维奇是20世纪最伟大的作曲家之一，在他去世后的30年里，人们对他生平与创作的关注有增无减，有关他的论文与著作不计其数。有一位朋友这样描述了他的一次经历：一次，伦敦交响乐团来莫斯科演出，当时，他还是莫斯科音乐学院的学生，没有演出门票的学生们挤在音乐厅门口不肯离去。在开演前几分钟，他们几十个人冲破阻拦闯进了音乐厅，坐在了楼梯的台梯上。当晚乐团演奏了肖斯塔科维奇的第十交响曲，由著名的指挥家海丁克指挥。这场音乐会让他至今难忘。他说，当音乐会结束后几个同学走出音乐厅时，那种震撼使他们一句话都说不出来，每个人都是眼睛锃亮，像发了狂一样，好像是刚刚亲眼看见了一场惨绝人寰的大屠杀，到处都是鲜血……

我深深地呼吸着，使劲地摇着头，让自己慢慢地回过神来。我心里不停地默念着：肖斯塔科维奇在这里住过，肖斯塔科维奇在这里住过……然后慢慢打开钢琴的盖子，用僵硬的手指碰触着琴键。这架钢琴，也是肖斯塔科维奇曾经弹过的，我似乎感觉到了音乐大师那指尖的温度。在哈恰图良的日记里，关于肖斯塔科维奇有这样的记载：在卢扎用了8个月的时间完成了全部芭蕾舞剧《斯巴达克》，记载的时间是1954年2月22日。后来朋友告诉我，他的第八交响曲和24首前奏曲与赋格也是在这里完成的。

我不断地往壁炉里投入木柴，火光里，噼噼啪啪的声响随着木头的香气一起飘出来,我想象着:也是这样一个初春的夜晚,残雪还未褪尽,在这个莽莽苍苍的森林怀抱中的小木房里,肖斯塔科维奇坐在温暖的壁炉前,往炉里面放入一块又一块的白桦木,温暖的屋子里充满了树木的香味,音乐就随之缓缓地从心中流淌出来……

第二天的清晨是在漫天洒落的鸟鸣中醒来的。我信步走出别墅的围墙。围墙外,除了一条清澈的河流就是一望无际的原始森林。河对岸,森林中零星点缀着几个小小的村落,一条长长的吊桥一直延伸到小村的脚下。那吊桥也是原木做的,踏上去,摇摇晃晃,吱吱呀呀,也是一首旋律美妙的乐曲。沿着河边漫步,在长达一个多小时里,我没有看到一点同人类活动有关的"文明"的痕迹,这里的大自然纯粹得一尘不染。这时,正是春回大地的季节,万物生灵苏醒后一分钟都不耽搁,加倍热烈地释放着压抑了一个漫长冬季的渴望。青灰、鹅黄、淡绿、浓绿的树枝,簇拥着一轮渐渐升起的朝阳,崭新的一天又绽开了明媚的笑颜。

接下来的时间里,我又在创作别墅里找到了普罗科菲耶夫的木屋、赫连尼科夫的木屋、卡巴列夫斯基的木屋。这些世界闻名的大音乐家都曾踏过我脚下的这片泥土。我不由得感叹道,在这个世界上,只有这样的地方,才会生长出那么多为全世界而世代传颂的不朽的音乐,那音乐真的美得如同天籁。

我原本是个粗陋无知的人,是俄罗斯这片神奇的土地教会我聆听音乐,我感谢这片土地,感谢肖斯塔科维奇,感谢那个小木屋。

柴可夫斯基的旷世绝响

2003.9.21

一天下午，我和报社的几个同事坐在一起喝茶，其间，两位俄罗斯同事和我们相谈甚欢。大家谈着谈着就谈到了俄罗斯的音乐，接着就谈到了柴可夫斯基，而后又谈到了柴可夫斯基在莫斯科郊外居住过的小城——克林。我们中间的一位同事爱开玩笑，按照俄语的发音，他把柴可夫斯基的名字和小城的名字连了起来，说成了：茶和咖啡的司机可怜。话音未落，懂中文的安德烈勃然大怒，他倏地站起来，脸涨得通红，把右手放在胸口，对着我们说：任何人都不许这样轻薄伟大的柴可夫斯基的名字！

整个一个下午，我都沉浸在一种深深的震动中。第二天恰逢休息日，我和安德烈一起去拜谒柴可夫斯基的克林。

从莫斯科到克林，整整三个小时的时间里我们没有说话。车子里，柴可夫斯基的《悲怆》拨动着我们的每一根神经。我们的心随着乐曲一起悲喜沉浮着。车窗外，俄罗斯大地斑斓的秋色也变幻着令人感伤的背景。不知不觉，小城克林就把她那值得世世代代炫耀的路标拱到了我们眼前——柴可夫斯基博物馆由此进入。

1885年，柴可夫斯基结束了数年漂泊的生活，在克林静谧的一角，找到了他生命的归宿地。克林人悠然自得的生活状态让柴可夫斯基忘却了所有的喧嚣和躁动，克林优美的自然景致带给柴可夫斯基无限的创作灵感。柴可夫斯基曾说过："没有触及灵魂，就没有人类音乐。"也正是在克林生活的9年当中，柴可夫斯基完成了他一生最伟大的传世之作，这一段创作旺盛、硕果累累的时期，被后人称为柴可夫斯基的黄金时期，《第五交响乐》《第六交响乐》《天鹅湖》《睡美人》《胡桃夹子》等作品都是在这一时期问世的。

我们小心翼翼地进入柴可夫斯基的故居,那份宁静让人产生一种不忍触碰的感觉。安德烈把食指放在唇边,示意我不要弄出响动来。我轻挪脚步,因为我每一投足,都有可能和柴可夫斯基的脚印重合,心里真的好激动啊。

柴可夫斯基故居是一幢二层的灰绿色小楼,二楼被布置成了柴可夫斯基故居展厅。一踏进展厅,我立即被一架黑色的钢琴深深吸引了。这是柴可夫斯基生前使用过的钢琴,它静静地立在那里,历经百余年,音质依然完美如初。柴可夫斯基生前一天平均八个小时弹着这架钢琴,据说,他的嗓音也很好,有时会边弹边唱……

安德烈应该是柴可夫斯基"骨灰级"的粉丝,他的钢琴弹得很棒。只见他站在钢琴旁久久不愿离去,两只大手不停地用力搓着,此情此景,令人动容。空气中仿佛流动着交响曲的乐声,浓烈而震慑人心。在这悠扬激昂的音乐中,柴可夫斯基似乎又坐到了钢琴前,创作一曲又一曲旷世名作。钢琴前面的小桌上,散乱地摆放着几张乐谱,似乎是柴可夫斯基刚刚写就的。二楼的展厅并不是很大,除了墙壁上悬挂着柴可夫斯基生平、部分照片和家人的合影之外,实物中还有一些摄影器材,安德烈告诉我,柴可夫斯基不仅是音乐天才,而且还是位摄影家呢。

屋子里的一切都是为音乐创作而设置的。小小的房间里,放着小小的木桌,角落里立着几个装满图书的书柜。读书给了柴可夫斯基音乐的灵感。他反复阅读了普希金的长诗《叶甫根尼·奥涅金》

柴可夫斯基故居后花园内,两位同事争相陪我"入镜",他们问我:保镖,像吗?

和小说《黑桃皇后》，最终，他用音乐的形式把它们搬上了歌剧的舞台。雨果说过："音乐是思维着的声音。"柴可夫斯基就是用"思维着的声音"重新诠释了普希金的作品，于是两位大师的手穿越时空紧紧相握。

我在安德烈的引导下参观了柴可夫斯基的卧室。卧室小小的，再普通不过了，一张大大的木床，床前摆着一双绣花拖鞋，这双拖鞋大概是整个故居中最富颜色的一件物品了……

走过展厅的偏门，即可进入后花园，偌大的后花园被浓厚的金黄色包裹得严严实实。花草树木错落有致，融合衬托，给人以闲暇静谧之感。每天下午两点，柴可夫斯基都会来到后花园散步，和慕名前来拜访的人们亲切交谈。他的朋友很多，有农民、律师、医生，还有稚气未脱的小朋友。安德烈叹息说，他非常遗憾没有早生一个世纪，而今只能站在院子里揣度大师的风采。

柴可夫斯基铜像就摆放在这秋意甚浓的后花园里。他静静地翻看着手中的乐谱，细细的秋雨落在他的肩头，泛起白光，他深切的目光在这本永远不会被翻起的乐谱上定格。音乐需要敏感的人来体会，自然的美也需要细腻的心灵才能完美地捕捉，满园的秋色交织成无限动人的乐章，想来，柴可夫斯基必定是从这里汲取了自然和生命的博大与纤柔，进而谱写出那么多浪漫乐章。安德烈在铜像前为我拍照留念，然后又要我帮他拍照。他告诉我，他已经无数次和柴可夫斯基的铜像合影留念了，每一次，心里都有不同的感受。

与其说克林承载了柴可夫斯基在小城最后9年的悲欢,还不如说是柴可夫斯基的悲欢给小城注入了灵魂。放眼望去,这个位于莫斯科西北部50公里处的小城给了我音乐般的感觉:蓝天像是飘浮的音乐,楼舍像是凝固的音乐,汽车像是流动的音乐,那些摇曳在秋天的枝头上五彩缤纷的树叶,更像是华丽无比的音乐。而柴可夫斯基的一生,更是在120多年后,还被全世界的爱乐者收藏在心里的音乐。俄罗斯人这样赞叹柴可夫斯基的音乐:这音乐不是凡间的人可以写出来的,只有神才能。

克林人无比热爱柴可夫斯基。二战时,希特勒的军队攻入莫斯科近郊,占领了克林小城。在德国兵攻入之前,克林人将柴可夫斯基故居里的文物悉数运出,保护起来。最后,德国兵占了柴可夫斯基故居,连故居的马棚都住满了士兵,而柴可夫斯基的文物却在克林人的保护下免遭劫难。

现在,能够亲手弹奏这架黑色的三角钢琴是一种特殊的荣誉。根据规定,只有每4年一次在这里举行的柴可夫斯基国际音乐比赛的优胜者才有资格在这架钢琴上演奏。据说中国钢琴家殷承宗和刘诗昆曾在这里演奏过。

柴可夫斯基的故居现在是世界各地音乐爱好者齐集之地。建于故居博物馆边上的音乐厅每天都会接纳成千上万的游客,人们在这里缅怀大师,享受音乐,洗涤心灵。

我问安德烈此行的感受是什么,他凝望着满园秋色说,他更爱柴可夫斯基和他的音乐了!说罢,他把目光收回,看定我说:你也一定是这样的!

我急忙点头,的确,我也一样!

果戈理在这里等待"天梯"

2003.9.29

果戈理故居是不经意间撞见的。那天,和朋友沿着莫斯科大尼基塔街漫步,突然,朋友尖叫道:看,果戈理!顺着朋友的视线望去,果戈理故居的牌子在临街的淡黄色二层小楼的墙上,静静地注视着来来往往、行色匆匆的人们,有些落寞,然而又仿佛在期待着什么。

我们几乎是狂喜着步入了果戈理的故居,这里是这位"以不可见之泪痕悲色,振其邦人"的大文豪精神苦旅的终结之地。这是多么幸运的偶遇啊!

访者寥寥,有些冷清。因为人少,朋友"冒险"坐在果戈理的椅子上拍了一张照片。为此,他诚惶诚恐了好几天。

　　这是贯通着的两个房间,房间不大,一间是起居室兼书房,另一间是卧室。房间里最显眼处,摆放着一张深红色的小床、一张深绿色的靠背沙发和一张深红色的书案。书案上,散放着些许书稿,书稿旁边,是一支高高的烛台,让人不由得联想到,当年,它是以怎样温暖的光芒照耀着果戈理内心的抑郁。

　　故居的墙上,挂满了大大小小的画像。与门相对的墙上,有一个大大的壁炉,白色砖石砌成的炉壁和两扇紧闭的黑色的炉门形成了极为鲜明的视觉冲撞,让人不由得多看两眼。据说,室内大部分物品都不是果戈理生前用过的,似乎只有这个壁炉亲眼见证了当年的大文豪果戈理生命中最后四年的孤独与欢欣、郁结与忧伤、挣扎与癫狂。就是在这个壁炉里,大文豪含泪烧毁了自己呕心沥血数易其稿的《死魂灵》第二卷手稿,从而留下了千古遗憾。

　　果戈理是在1848年4月从圣地耶路撒冷回俄后搬到这里的。这两间居室是亚·彼·托尔斯泰伯爵夫妇借给他的。果戈理生命中的最后4年就寄居于此,直到1852年2月21日逝世。如今,这栋旧宅被辟为"果戈理之家"。

　　果戈理曾在这里会见过屠格涅夫、剧作家奥斯特洛夫斯基等莫斯科文化艺术名流。不过交往最多的是以霍米亚科夫为首的斯拉夫派人士。他与霍米亚科夫的妻子叶卡捷琳娜·米哈伊洛芙娜·霍米亚科娃以及她的哥哥、诗人尼古拉·雅泽科夫都结下了深厚的友谊。

霍米亚科娃优雅高贵，笃信上帝，却不幸于1852年1月26日病逝，年仅35岁。噩耗传来，果戈理深感震惊，他说"对我来说，一切都终结了"。在霍米亚科娃的灵柩旁，他沉痛地说道："没有什么比死亡更庄严。如果没有死，生活便不会如此美妙。"或许是过于悲痛，果戈理没有亲自为她送葬。

我们有理由相信，正是霍米亚科娃这一庄严的死亡成了果戈理晚年精神生活的一个重要转折。霍米亚科娃下葬之后，果戈理经常彻夜不眠，大部分时间都在不停地祈祷，未满一个月便抑郁而终。

回想果戈理在莫斯科最后的生命旅程，不能不提及他的忏悔神父马特维·康斯坦丁诺夫斯基。

马特维·康斯坦丁诺夫斯基在果戈理的悲剧中似乎一直是一个神秘的人物。这位神父大人在阅读了《死魂灵》第二卷之后，力劝果戈理销毁其中的部分章节，因为其中出现了带有天主教色彩的神父的形象。他指责果戈理受到了魔鬼的引诱而误入歧途。而在此之前，他已经以同样或相近的理由指责了果戈理的《与友人书简选》，这让果戈理陷入巨大的惶惑与恐惧之中。果戈理也深信自己在强烈渴望上帝的眷顾的同时被魔鬼迷失了心智。

我走到果戈理栖息了四年的小床前,看着看着,不由得悲从中来。这张床非常窄小,铺着紫红色的床罩。1852年2月11日,就是在这天深夜,果戈理从我们眼前的这张小床上爬起来销毁了《死魂灵》第二卷的手稿。那时,果戈理一定正处于某种癫狂状态。

根据同时代人的回忆,事情的经过大致是这样的:

深夜两点多钟,果戈理叫醒自己的仆人谢苗,吩咐他生着炉子。等火着旺了,果戈理吩咐谢苗把早上交给过亚·彼·托尔斯泰伯爵的那捆纸扔进火里。谢苗后来回忆说,他仿佛给老爷下过跪,央求他别这样做,但他就是不听。一捆纸扔进火里,但怎么也烧不着,只烧焦了几个角,果戈理便用火钩子把纸捆掏出来,把笔记本一个个分开,然后又一本接着一本地扔进炉子里。

当所有的笔记本都快烧完的时候,他安静了下来,在椅子上坐了半天,然后哭了,吩咐谢苗把伯爵请来。伯爵进来后,他指着快要烧完的笔记本伤心地说:"您瞧我干了件什么事!原想烧掉早就打算烧掉的东西,可是把所有的手稿都烧掉了!魔鬼真够厉害的——他竟让我干出了这样的事!而我在那里面能说清很多道理。这是我著作的皇冠。人们从那里面将会明白我在先前的作品中尚未说清的一切!"

我们站在壁炉前良久不动,想象着壁炉里的火焰是怎样烧焦了一代文豪的心灵。和我一同参观的朋友对果戈理的生平很有研究。

他告诉我,在焚稿之前,果戈理曾向伯爵立过遗嘱,让伯爵把他所有的作品都拿走,一旦他死后就交给菲拉列特总主教。遗嘱上写道:"让他去裁决吧。凡是他认为不需要的,就无情地划掉。"现在,在笔记本烧成灰烬的可怕的一刹那,果戈理却说出了另一种想法:"我本想把笔记本送给每个朋友一本作纪念:他们爱拿它怎么办就怎么办好了。现在一切都完了。"

伯爵想使他摆脱阴暗的死亡的念头,装出无动于衷的样子说道:"这是个好兆头——先前您烧毁过的后来又都写出来了,并且写得更好。这就是说现在离死还远着呢。"果戈理听了这些话仿佛宽慰了些,伯爵又接着说:"您不是都能回想起来吗?""是呀,"果戈理把一只手放在额头上,回答,"我能,我能。还都在我脑子里呢。"这之后他平静了一些,不再哭了。

伯爵的话并非无的放矢或虚情假意。事实上,果戈理从少年时

代起曾经不止一次烧毁自己的文稿,也不止一次重新撰写被自己烧毁的文稿,并且重新创作的作品并不是单纯的记忆再现,而是比原来的更好。据此不妨可以这样推测,这一次烧稿在果戈理本人看来并不是最后的疯狂,而只是又一次涅槃重生的序曲。魏列萨耶夫在《果戈理是怎样写作的》中曾引用了果戈理在烧掉书稿之后写的一段文字:"我之所以烧毁《死魂灵》第二卷,是因为需要这样做。'不死岂能复生',使徒这样说。为了复生,需要先死。烧毁惨淡经营五年之久的劳作并非一件轻而易举的事,因为其中的每一行字都是经过灵魂的震荡才得来的,因为其中包含着许多构成我美妙的念头、占据我整个灵魂的篇章。但一切都烧毁了,而在那一刹那,当我看到眼前的死亡时,我非常想在身后留下哪怕一点关于自己的良好的回忆……当火焰刚刚吞噬了我的书的最后几页的时候,它的内容便突然以净化和光明的形式重现出来,就像从篝火中飞出的不死鸟,于是我猛地看到,我先前认为已经完整与和谐的东西竟是多么杂乱无章啊!"

要知道,果戈理生前对《死魂灵》第二卷寄予厚望,他曾这样写道:"我的著作《死魂灵》应包括俄国人天性中一切强有力的东西。这部著作只出版了一部分,这一部分嘲笑了一切不符合我国伟大本性的、有损于它尊严的东西。将在《死魂灵》其余部分中出现的已经不是性格猥琐、庸俗古怪的俄国人,而是性格深沉、内心丰富、蕴蓄着内在力量的俄国人。如果上帝能帮我像灵魂渴望的那样把一切都创作出来的话,我对祖国的效劳也许便不会比其他部门的那些高尚而诚实的人少了。"

身处此地，心情有点压抑，那个垂着眼睑的壁炉，让人有点不忍直视。

果戈理把自己的创作视为"对祖国的效劳",这一思想几乎支配了作家一生,直至其生命的终点。果戈理首先是一个艺术家,但又不是一个纯粹的艺术家,他为神圣俄罗斯效劳或服务的意识与他经常谈到的俄罗斯的秘密与奥秘是紧密相连的。他苦心孤诣建构的审美乌托邦与宗教乌托邦在他的心目中是完全可以转化为现实的,他相信"爱"的"天堂"必将降临俄罗斯,进而降临全世界。然而,在我看来,果戈理的使命,无论是审美的还是宗教的都过于艰巨了。他自己也坦承《死魂灵》第二卷"没有立刻像白天一样清楚地给每个人指出通向崇高和美的道路"(《与友人书简选》)。也就是说,神圣俄罗斯的终极目标是明确的,但通往终点或天堂的道路或梯子却不明晰,魔鬼的诱惑时时侵扰着俄罗斯人的心智,因此俄罗斯人必须在上帝的帮助和启示下时时净化自己的灵魂,实现道德完善。也因此,俄罗斯人必须要承受"炼狱"的煎熬,这是从地狱进入天堂的必经之路。然而,问题恰恰出在这里,这一思想迥异于纯正的正教信仰,而与罗马天主教有着千丝万缕的联系。当马特维神父指出这一点时,我想,一向以纯正的正教信仰为旨归的果戈理肯定相当尴尬。

一切又重新变得复杂起来。果戈理把拯救的希望完全寄托在了上帝的帮助上,他希望借助于超常态的斋戒和连续不停的祈祷、忏悔甚至流泪感动上帝,让上帝重新赐给他高贵的灵感,借此实现涅槃重生

的奇迹。最初，他每天只吃几调羹燕麦糊和一片面包，后来干脆拒绝进食，也拒绝医生的诊治。

在辞世前九天，果戈理划过十字，躺下，泪流满面。他对霍米亚科夫说："死亡来了，我已经准备好了。"于是人们请来了神父，他领了圣体，敷油（临终的圣礼之一），他说，"死亡是多么甘美！"

果戈理在一页残纸上记下了他的遗言："你们要成为复活的灵魂，而不是死灵魂。除了耶稣基督指出的大门，没有别的大门。"

临终前，他一直等待着耶稣基督指出的大门为他开启。

1852年2月21日，他突然呼喊："梯子，快，把梯子拿给我。"

另外一位圣者，查东斯克的圣吉洪在临终前也是这样呼喊的。他们呼唤的都是圣经里那个"雅各的梯子"，一个立在地上、直通云天、天使们上下往来的梯子。上帝站在梯子的顶端，承诺眷顾和恩典归向他的人。那是上帝的天梯。

我环视着这间小屋，目光的触点有那么一点疼痛。果戈理就是在这间小屋里，等来了上帝的天梯，所有的人间苦难就此终结。

出殡时送葬的队伍浩浩荡荡，过路人好奇地打听："为谁送葬啊？难道他有这么多亲属？"

"为果戈理送葬。我们都是他的亲属,和我们在一起送葬的还有整个俄罗斯。"队伍里有人答道。

果戈理最终葬在了新处女公墓,那是一个倍受文人雅士青睐的墓园。我曾在他的墓碑前留影纪念。那天,阳光明媚,墓碑上的果戈理眼神愉快而澄澈,没有一丝的阴郁。想必,在人间历尽磨难的文学大师已经沿着上帝的天梯到达了他所向往的新生。

离开果戈理故居时,果戈理已不只是那位以"含泪的笑"揭露俄罗斯的丑陋与弊端的幽默讽刺大师,他还是一位令人肃然起敬的虔信主义者和令人困惑的神秘主义者,一位以非现实主义的笔墨书写心灵与人生永久事业的史诗诗人,一位殷切盼望天梯降临的基督教先知。当然,我们对他的了解还很不充分,他的精神世界还有许多待解之谜。这一切必将吸引我、召唤我再一次回到果戈理创造的精神世界之中。

走在繁华的街上,我的耳畔又一次回响起那熟悉的声音:"俄罗斯,你不也像这无所畏惧的快不可追的三套马车一样在飞驶吗……俄罗斯啊,回答我,你要驶向何方?你没有回答。"

美妙的响声从故居里传出来,空气被划破,呼呼地响着,变成了疾风;大地上的一切全从身旁飞过,其他民族和国家都侧目而视,闪到路旁给它让路。

陀思妥耶夫斯基"做梦"的地方

　　一百多年前,一个寒冷的冬天,一位俄罗斯的大作家正伏案写信,他泪流满面,心痛难忍,正在把隐藏于内心的深深的遗憾倾诉予友人。他写道:"我多么希望倾诉自己对陀思妥耶夫斯基的感想!我从未同他见过面,也从未同他有过任何直接联系,突然他与世长辞,我这才恍然大悟,他是我最亲近、最珍贵、最需要的人……我一直把他当作自己的朋友,一直以为我们会见面的,暂时虽尚未见面,终有握手言欢之日。现在噩耗传来,他溘然长逝了!一根支撑我的柱石坍塌了。我如雷轰顶,不知所措,但随即清楚地认识到他对我十分珍贵,不禁潸然泪下,现在也还在落泪。他去世前几天,我读了《被侮辱与被损害的》,深为感动。"

　　这是文学巨匠列夫·托尔斯泰写给密友斯特拉霍夫的一封信,

时间是 1881 年的 2 月 6 日，而被他深深哀悼着的陀思妥耶夫斯基在 1 月 28 日溘然长逝。他的离世，不仅让托尔斯泰，也让整个俄罗斯陷入悲恸之中。

陀思妥耶夫斯基的生命终结在了圣彼得堡，但是，他却像俄罗斯灿烂星空中那颗最璀璨的星斗，继续照耀着无数执着于文学梦想的人们。陀思妥耶夫斯基称自己是"做梦人"，作为一代文学巨匠，他践约了自己所能描绘的最璀璨的梦境。于是，我溯逆着他曲折惊险的人生轨迹，找到了莫斯科西南一隅的一个小小的院落，这里，是他年幼时的居所，是他梦开始的地方。

找到陀思妥耶夫斯基的故居真不容易，莫斯科实在太大了，司机是一个犹太人，自称是一个老莫斯科，却还是让车子曲里拐弯地转了一个多小时后才停在一个小小的暗黄色的院门前。1821 年 10 月 30 日，陀思妥耶夫斯基就诞生在这里。这个小小的院落，曾在 180 年前见证了一个文坛泰斗的诞生和成长，这令门外的人不禁心生肃然之感。

从位置上看，这里应是玛利亚济贫医院的左耳房。和其他的名人故居比起来，这个小院显得异常内敛、矜持、不事张扬，甚至还有那么一点点颓废。院子里的一个角落堆放着一些杂物，因而使小院更显局促。我抬头看了一下天空，只觉得天幕低低地压下来，让人心情有些抑郁。我把这种感觉讲给朋友听，他说，这就对了，这和陀思妥耶夫斯基的生活基调很契合呀。陀思妥耶夫斯基童年住在这里的时候，这里还是荒郊野岭呢，犯人公墓、精神病院和孤儿院便是这里仅有的地标式建筑，这一带被称作"穷人之家"，是古老莫斯科最凄苦最荒凉的地方之一。

可以想见，当年，这周围的景象给了年幼的陀思妥耶夫斯基的心灵以多么深刻的碰触，对穷困者的怜悯深深揉搓着他的心灵。我在一份资料上看到这样的记载：虽然父母不允许，但陀思妥耶夫斯基还是喜欢去医院花园走走，看看那些晒太阳的穷困的病人，和他们聊天，听他们讲故事。这些经历对他的人生产生了极其深远的影响，在他的作品中，他对人类肉体与精神痛苦的震撼人心的描写是其他作家无法企及的。1846年，他写出了自己的第一部作品《穷人》，小说一出版即轰动文坛，受到读者的普遍赞扬。之后，他又写出了《双重人格》《女房东》《白夜》和《脆弱的心》等中篇小说，在年仅24岁时便扬名立世。这一切，可不可以说是与他一生如影随形的苦难所赐予的呢？

推开故居的房门，我的心情渐渐柔和起来。在临近傍晚时分，在大雪的天气里，有那么多痴情的人怀揣着一份共同的渴望聚集在这个不大的房子里，人们的脸上写着同样的痴迷。明亮的灯光里，就连人们互相打量着的目光里都积蓄着那么多的友善。人们走路轻轻的，交谈都是耳语，好像害怕惊扰了多年前曾栖居在这里的那个伟大的灵魂，害怕惊扰了那仍然萦绕在这里的梦。

这栋房子里有一大一小两间相连的卧室和一间狭长的客厅。

客厅里展示着有关陀思妥耶夫斯基的文物。我停留在那间小卧室前，这是陀思妥耶夫斯基小时候睡觉的地方。卧室没有窗户，墙壁很薄，似乎用拳头一捣就会出现一个窟窿。房间里摆放着三个长条木箱，童年的陀思妥耶夫斯基就睡在一个靠墙的木箱上。由于时光久远，木箱本来的颜色已经模糊不清了，像是褐色中透着些许暗黄，如一张苦难的营养不良的脸。蜷缩在这个木箱上的，最终成为一代文学巨匠的孩子是7个孩子中的老二，虽然穷苦，却有一颗敏感而丰富的心灵。他患有癫痫病，9岁时首次发病，之后一生未愈。好在他一直没有停止做梦。陀思妥耶夫斯基成为19世纪群星灿烂的俄国文坛上一颗耀眼的明星后，他在一部书中这样追忆这段时光：当我10岁那年，冬天，我常常喜欢闭上眼睛，想象着一片树叶，绿油油的，亮晶晶的，上面有叶脉，阳光在闪耀。我睁开眼睛，都不敢相信，因为这太好了，于是又闭上了眼睛……树叶是好的，一切都好……

与孩子们的蜗居相比，陀思妥耶夫斯基父母的卧室相对大而明亮一些。房间里有一张挂着帷幔的敦实的大床，一个小小的沙发椅，梳妆台上摆放着一面大大的镜子和一些梳妆用品，从墙上挂着的两张仅存下来的肖像看来，父亲算得上英俊，母亲也看似善良。引起我注意的是，柜子上还放着一个装满针线的盒子，想必这个有着7个孩子的母亲整日在为捉襟见肘的生计操劳着，她在陀思妥耶夫斯基16岁那年死于肺结核，匆匆走完了自己辛劳而短暂的一生。

在陀思妥耶夫斯基的记忆中，母亲玛利亚·费奥多罗夫娜·涅恰耶娃总是一副病恹恹的样子。陀思妥耶夫斯基清楚地记得：在母亲纤细而白皙的手背上，蓝色的血管清晰可见。斯洛宁说："这是一个不可磨灭的记忆，费奥多始终无法忘记母亲的患病。在他的意识中，爱情与怜悯、女性和凋零总是不可分割地交融在一起，成为动人心弦的一幕。"

据作家的弟弟安德烈回忆说：他们一家人的饮食起居皆有定时。早晨6点起床。7点多钟，父亲去医院上班。家里的人收拾房间，孩子们做功课。12点钟吃午饭。饭后，父亲在客厅休息。"这时全家人都待在厅堂里，安安静静，很少说话。偶尔说几句也是悄声细语，以免吵醒爸爸。"下午4点钟父亲喝晚茶，然后出去诊视病人。"通常晚上8点钟吃晚饭。晚饭后我们兄弟几个就站在神像前做祷告，然后同父母道过晚安，回房睡觉。几乎天天如是，只有谢肉节期间除外。"

陀思妥耶夫斯基的父亲米哈伊尔·安德列耶维奇·陀思妥耶夫斯基是一名退休军医。他曾经参加过波罗金诺战役，也许是目睹

了太多的伤员和死尸，复员后性情变得愈发阴郁沉默、落落寡合。1821年3月被任命为莫斯科玛利亚济贫医院的医生。

关于这位父亲，坊间有很多传说。据说他对待孩子很粗暴，他要求自己的孩子在他打盹时轮流替他驱赶蚊蝇，而且必须保持绝对安静，孩子们稍有闪失，他就暴跳如雷。他在妻子死后的第二年就离开了人世，死因众说纷纭。有人说是因为他酒醉后对农奴大发雷霆，震怒的农奴将他制伏，往他的嘴里灌入大量的伏特加，直至将他溺死。也有人认为他是自然死亡，是附近的地主为了把土地轻易拿到手而编造了这个故事。总之，这个专制的父亲给了陀思妥耶夫斯基太多的阴影，以至于他把父亲的形象叠印在《卡拉马佐夫兄弟》中的老卡拉马佐夫这个"邪恶而感情脆弱的小丑"身上。

当然，父亲也有好的一面。他很重视孩子们的教育。家里虽然很穷，却有一个很大的书橱，"这个书橱是他们那陈设简陋的住宅中最主要的装饰品，里面存放着各种各样的书籍"。他还订了一本当时很畅销的杂志《读者文库》，这份杂志经常刊登俄国作家茹科夫斯基、普希金、莱蒙托夫、果戈理、克雷洛夫、奥陀耶夫斯基、巴拉廷斯基、维亚泽姆斯基的作品，以及翻译过来的巴尔扎克、乔治·桑、雨果、席勒、霍夫曼等外国作家的作品。年幼的陀思妥耶夫斯基贪婪地阅读这些作家的作品，心中不断升腾着有朝一日名扬天下的作家梦。

更难得的是，父母还从叶卡捷琳娜贵族女子中学给他们请来两

位老师,一位是教堂执事,他善于娓娓动听地给孩子们讲述《圣经》里洪水的故事或约瑟的奇遇;另一位是一所半寄宿中学的创办者法国人舒沙尔,他最早使孩子们接触到法国文学的精读课本。父亲还亲自教授拉丁文,只是这位军医父亲对孩子们要求十分严格,语法问题稍答错一点就大骂"笨蛋""白痴",甚至拂袖而去,所以陀思妥耶夫斯基对拉丁文和古罗马文学一直不感兴趣。

不过,家里读书的气氛大多时都是好的。晚上,全家人常常坐在灯下听父亲朗读卡拉姆津的《俄国史》,这本书父母都很喜欢,后来也成了陀思妥耶夫斯基的案头书。他说早在 10 岁的时候,就几乎已经记住了俄国历史上的重大事件,这要功归于父亲坚持不懈的朗读。父亲暴亡后,陀思妥耶夫斯基流了很多眼泪。他写道:"我很同情可怜的父亲,脾气多古怪啊!他忍受了多少不幸的事。没有办法安慰他。"这就是他对父亲的一份锥心刻骨的爱。

父亲活着的时候,他的阴郁暴躁、专横跋扈与疑神疑鬼给家人也给自己制造了许多痛苦和精神上的伤害,这从母亲写给父亲的一封信中可以看得出来。信中写道:"……尽管我心中充满爱,但我的爱情和感情却不能被人理解,反而受到卑鄙的猜忌。随着年华和岁月的流逝,我脸上出现了皱纹和黄疸的症状,天生活泼的性格如今变得郁郁不乐,愁容满面。这就是我的命运,这就是我那纯洁而炽热的爱情所得到的报偿;倘若不是由于我纯洁的良知仍在给我以力量,倘若不是由于我对天意仍抱有一线希望,我的命运将是极其悲惨的。请原谅我倾诉了自己的全部衷曲和情愫。我现在既无诅咒,也无怨恨,有的只是对你的爱和崇拜,我把我的心里话全都说给你,向我唯一朋友倾吐出来……"这封信的文笔优雅婉转,凄恻感人。

父亲的生与死像谜一样,陀思妥耶夫斯基决意要解开它。《卡拉马佐夫兄弟》中的老卡拉马佐夫,虽然不能把陀思妥耶夫斯基的父亲和他画等号,但每次阅读这部鸿篇巨制时,我都觉得二者极其神似。

陀思妥耶夫斯基的母亲很喜欢文学,尤其是英国女作家的诗歌、小说。那时,她非常迷恋哥特小说家安娜·拉德克里芙的作品,如《奥多芙的神秘》等,这些小说情节紧张曲折,恐怖而诡异,充斥着荒唐的梦、预言、死亡的预感。漫长的冬夜里,年幼的陀思妥耶夫斯基常常屏着呼吸,凝神谛听母亲朗读这些惊心动魄的作品,然后昏昏然沉入梦乡,继续做他的文学梦。也许,他的父母并未意识到,他们已在这个男孩心中播下了文学的种子,并且这些种子正在潜滋暗长、蓄势待发。从作家后期的小说中我们不难看到,作家的叙事风格的确有许多童年时代读过的"哥特小说"的影子。

陀思妥耶夫斯基的父母笃信宗教,全家人每天都要祈祷与阅读《圣经》。一本厚厚的《圣经故事汇编》成了孩子们的识字课本,这本书,陀思妥耶夫斯基的母亲不知给孩子们朗读了多少遍。其中给陀思妥耶夫斯基印象最深的圣经故事莫过于《约伯记》。1875 年,陀思妥耶夫斯基在给妻子的一封信中告知,他正在重读《约伯记》:"我在读《约伯记》,它使我欣喜若狂。读完后,我在室内来回踱了整整一个小时,几乎失声痛哭起来……说也奇怪,这篇故事是我一生中最早使我感到震惊的作品之一,我第一次读它时还完全是一个小孩子呢!"看来,无辜受难的问题如同上帝是否存在的问题几乎折磨了陀思妥耶夫斯基一辈子,难怪他的作品描写了那么多的苦难,并提出了那么多的质疑。

当时普希金还活着,一家人常常围绕普希金展开激烈的争论,父母、姨妈、舅舅和外祖父等老辈人推崇浪漫派诗人茹科夫斯基,而陀思妥耶夫斯基兄弟姐妹则崇拜普希金。普希金去世时,陀思妥耶夫斯基的母亲刚刚去世,他还没有从悲伤中摆脱出来,就又遭遇了新的打击,好似失去了一位慈爱的精神之父与伟大的导师。安德烈回忆说,在听到普希金的死讯及其全部细节之后,"兄弟们几乎都精神失常"。陀思妥耶夫斯基不止一次对哥哥说,倘若不是给母亲守灵,他会为普希金穿丧服的。

1833年,陀思妥耶夫斯基和他的哥哥米哈伊尔进入舒沙尔开办的半寄宿中学读书。

1834年秋,兄弟二人转到列奥波利德的切尔马克寄宿中学读书。这所学校当时在莫斯科类似于普希金当年就读的"皇村中学",在这里任教的都是莫斯科的一些著名教育家和学者,而且这所学校偏重文学课程。兄弟二人在这里如鱼得水一般,阅读了大量古典文学作品和当代诗歌作品。他们隐约感觉到,缪斯已经频频向他们微笑致意了。

然而，就在他们沉醉于未来文学梦想的时候，一连串的打击袭向了他们：母亲因病去世，普希金决斗而死。精神颓唐的父亲根本不理会他们的文学爱好，把他们送进了彼得堡军事工程学校，期望他们未来做军事工程师。此后，陀思妥耶夫斯基成长与成名后的足迹，他的爱情和许许多多的故事都留在了那里，他的墓也留在了那里。

我曾经有一次从彼得堡的陀思妥耶夫斯基故居博物馆门前经过，记得当时只是匆匆一瞥，心头就不禁一颤。那也是一栋淡黄色的小楼，和他儿时的居所相比，这里没有儿时的居所那么偏僻。在半地下室的入口处，一块小小的铜黄色牌子，昭示着那里曾经有过无数个值得我们追溯和缅怀的岁月。记得当时因事未能停下匆忙的脚步，总以为会找出专门的时间去拜访这个伟大的天才，可直到如今，仍是个遗憾。

陀思妥耶夫斯基去了彼得堡后，便很少回到莫斯科。流放结束后，他定居在了彼得堡，更是难得回到莫斯科。他最后一次回莫斯科，是1880年6月参加普希金纪念碑揭幕仪式。那时，正在连载的《卡拉马佐夫兄弟》已为作家赢得了空前的声誉。6月8日上午，陀思妥耶夫斯基在俄国文学爱好者协会发表了《论普希金》的著名演讲，立时轰动了整个莫斯科。当天他在给妻子的信中描述道："安尼娅，你永远也无法想象演说产生的效果！我在彼得堡的成就算得了什么！与这儿相比简直等于零。我一出场，礼堂里爆发了雷鸣般的掌声，我久久不能开始演说。我不断向大家点头致意，用手势请他们让我演说——什么也帮不了忙：一片狂热、激动的情绪（全是由《卡拉马佐夫兄弟》引起的！）。我终于开始演说，每一页，甚至每一句，都被雷鸣般的掌声所打断。我声音洪亮，充满了火一般的热情……当我最后宣告世界大同的时候，全场仿佛丧失了理智一般。当我结束演说的时候——我无法向你形容高声的喊叫和兴奋的号哭：素昧平生的听众在流泪、在痛哭，他们互相拥抱，并且彼此发誓做最好的人，今后不再互相仇视，而要相亲相爱。会场的秩序大乱，大家全都朝舞台上的我涌来：贵妇人、女大学生、国务秘书、男大学生——人人都来拥抱我、吻我。"

还有另外一份资料也记载了这一激动人心的场景：有两个陌生的老头喊他"圣人""先知"；屠格涅夫噙着眼泪扑过来拥抱他；安年科夫跑过来吻他的肩膀，两个人齐声喊："您是天才！您比天才还天才！"阿克萨科夫说他的演说不是一般的演说，而是历史性事件；还有一个大学生，泪流满面，因歇斯底里发作而跌倒在作家面前的地板上，失去了知觉；一百多位女士拥上舞台将一个直径两俄尺的桂冠戴到作家的身上；市长代表莫斯科向作家表示感谢。他的声誉达到了有生以来的最高峰。作家本人幸福极了！他对另一位女士说："一个人就是为了这样的时刻才活着，为了这样的时刻才降生到人间。"

我虽然从未出席过如此令人着魔让人癫狂的盛会，但每次捧读陀思妥耶夫斯基写给妻子的信件，依然可以感受到大作家难以自抑的兴奋与狂喜。人的一生，哪怕只有一次这样的巅峰体验，也就足够了。

讲解员把我们领到一个陈列柜前，她指着柜子中一支已经磨秃了笔尖的笔对我说：陀思妥耶夫斯基就是用这支笔写《卡拉马佐夫兄弟》的。这时，一个金发碧眼的男孩拉着他们的父母走过来。男孩把眼睛贴在陈列柜的玻璃上，久久地审视着那支曾被陀思妥耶夫斯基握在手里的笔，良久，他抬起头，眼里噙着泪花，喃喃地说：他就是用这支笔写《卡拉马佐夫兄弟》的呵！一问得知，这个小男孩来自法国，酷爱写作，他们这次俄罗斯之行是专门来寻访陀思妥耶夫斯基的，他把这次旅行叫作"寻梦之旅"。男孩叹息着说：陀思妥耶夫斯基原本是要用这支笔写第二部《卡拉马佐夫兄弟》的，可惜我们再也看不到了……

在我们准备离开这个给予我们灵魂震撼与洗礼的房子时，一个女孩捧着一束鲜花走进陀思妥耶夫斯基的卧室，她将鲜花轻轻放在靠墙的那个木箱旁，深深地鞠躬再鞠躬，然后一言不发缓缓离去。我刚刚注意到过这个女孩，她有着一副亚洲人的面孔，刚才在陀思妥耶夫斯基睡觉的木箱旁以手抚胸，良久站立，泪流满面的就是她。

走出故居，我深深地吸了一口清冷的空气。漫天大雪自顾自地舞蹈着，全然不顾川流不息的人群和车流的打扰。天空低垂着，一副随时要将夜幕抛落的样子。我站在飘舞的雪花中迟迟不知该去向哪里。突然，我一回头，发现刚才那个献花女孩也站在大雪中痴痴回望着大师的梦园。看着女孩美丽的侧影，我突然有了一种知音的感觉。我更深地理解了托尔斯泰在听到陀思妥耶夫斯基辞世的噩耗后那种彻骨的孤独。

不远处，在玛利亚医院的正门前广场上，矗立着高大的陀思妥耶夫斯基雕像。据说，他的雕像原是立在繁华的市中心，后来迁移到这里的。我快步走到雕像跟前。陀思妥耶夫斯基双手合在胸前，头微微低垂着，神情凝重地俯视着俄罗斯大地，以及来来往往的行人……

帕斯捷尔纳克有个美丽的邻居

2003.8.15

在朋友的陪伴下,我乘火车来到距离莫斯科城不远处的一座小镇佩列捷尔金诺,这个小镇曾经聚集了许多著名的俄罗斯作家,因此可以说是名副其实的作家村。这是一个点缀着各式各样乡间别墅的地方,很俄罗斯的,很田园的,满眼苍翠,景色宜人。

这是一次令人十分愉快的探访。俄罗斯朋友、美丽的卡佳驾车来接站,然后又十分周到地为我们做导游。卡佳的父亲是一位曾在中国工作过的外交官,卡佳在母腹中的时候父母亲还生活在中国,于是,卡佳就同中国有了无法切割的联系。卡佳知道我这样的中国人最想看什么,她出其不意地将我们带到了帕斯捷尔纳克的墓前,对于远道而来的我来说,这是一个多么令人惊喜的礼物。

我见到了帕斯捷尔纳克。他安睡在绿荫掩映、墓碑林立的有300年历史的公墓中。在三棵松树的旁边，被绿树环绕着的约十米见方的小天地里，帕斯捷尔纳克大而简洁的长方形墓碑有点冷峻地矗立着。这是他为自己特别指定的安息之所。在墓碑的对面，有一条长凳，每当他的祭日或者是生日的时候，都会有人在此举行小小的音乐会或者诗文朗诵会来纪念他。

佩列捷尔金诺公墓也可说是作家村公墓。在不远处，就是著名俄罗斯儿童作家丘特切夫的墓。墓碑旁边的树枝上，挂着好多小绒毛玩具，显然，那是热爱他的孩子们送给他的礼物。

坐在那条长凳上，本来离我很遥远的帕斯捷尔纳克很快便生动起来。我从心里涌起一种特别的渴望，想去看看帕斯捷尔纳克的家。卡佳说，走吧，他的故居离这里不远，我正想带你们去呢！仅仅几分钟后，我这个不速之客就已经站在了帕斯捷尔纳克家的客厅里了。

这是一个很别致的客厅，是由12扇窗户围成的像船一样的房间。整个客厅唯一的一面墙壁上，挂着帕斯捷尔纳克临窗而立的照片。讲解员指着门口左侧的一扇窗对我说：这就是照片上的那扇窗。我走到这扇窗前，举目望出去，满园都是醉人的青翠。照片上的景象和实景重叠在一起，让人如此具体地感觉到帕斯捷尔纳克的生活的余温。同样的情景在餐厅里又出现了，墙上的照片里，帕斯杰尔纳克高举着酒杯，旁边坐着他的妻子。也就是在照片上所记录下的这一天，帕斯捷尔纳克得到了他获得了诺贝尔文学奖的消息。

如今，照片里的那张桌子还在，桌子上的那个花瓶还在，照片里的那个世界还在，人们对他的作品的热爱还在。窗外，自然界还是草枯木荣，日升月落，然而，这一切，帕斯捷尔纳克却再也看不见了。

顺着窄窄的木楼梯拾阶而上，我们来到了帕斯捷尔纳克的卧室兼工作室。一张极其普通的书桌和一把木头椅子，帕斯捷尔纳克就是在这里完成了他的扛鼎之作《日瓦戈医生》。

房门的对面有一张单人铁床，帕斯捷尔纳克就睡在这张窄小的床上。很难想象，这样一张"弱不禁风"的小床是如何承载帕斯捷尔纳克那1.95米的高大身躯和俄罗斯文学史因帕斯捷尔纳克的存在而增加的重量的。房间里还有一张立式书桌，是为了站着写字而设计的。同样样式的写字桌我在果戈理的故居里也见到过。据讲解员介绍，帕斯捷尔纳克晚年因背部疼痛无法坐着工作，这张立式书桌就一路伴着他走向了生命的最后时刻。帕斯捷尔纳克卧病后，改住在楼下的一个小房间里，因为他已经连爬楼梯的力气都没有了。1966年的夏天，帕斯捷尔纳克死于肺癌，终年60岁。

帕斯捷尔纳克有着一张极其刚毅、棱角分明的面孔。据说，诗人茨维塔耶娃极其欣赏他的脸。

帕斯捷尔纳克少年时曾立志成为一名音乐家,音乐在他的生活中占了相当大的比例。在他的琴房里,有一架相当"庞大"的钢琴,庞大到整个房间都要被它撑满了。当年,帕斯捷尔纳克曾行云流水般地抚弄着琴键,琴声从敞开的窗户倾泻出去,外面的空地上,坐满了热爱文学和音乐的人们。唱歌,弹琴,朗诵诗歌,时光就此屏息静气,凝滞不动了。当我逗留在帕斯捷尔纳克的琴房时,窗外恰好有一群年轻人席地而坐,聚精会神地听其中一个人热情洋溢的演说,如果不是缺少了琴声,我一定会将这一幕当作昔年情景的再现。

从帕斯捷尔纳克家里出来,我看见一位年岁颇长但气质高雅的夫人,与在外面等候我们的卡佳热烈地交谈着。卡佳告诉我们,这位夫人就是帕斯捷尔纳克的儿媳妇,是帕斯捷尔纳克博物馆的馆长。我不由地想,这个世界上也许真的存在某种契合力,因为帕斯捷尔纳克的儿子的死和日瓦戈医生的死极其相似。死时年龄相似,只有38岁,死的背景相似,死的痛苦也相似。只是,他是死在《日瓦戈医生》成书许多年之后。

离开时,我回望这座粉红色的造型精巧的别墅,久久不愿挪动脚步。卡佳告诉我说,小镇上有的是别墅,保准能让我看个够。卡佳带我们来到了她的家。一栋木质的别墅赫然入目,通体散发着原木的暖香。院内,绿树成荫,花木竞艳。卡佳的丈夫和儿子正等候着我们,他们为我们准备了我到俄罗斯后所吃到的最美味的一顿午餐。吃饭之前,男主人幽默地说着笑话,特意领我去看了他亲手搭建的"天山",那是一堆小石块砌成的"天山"山脉的微缩景观,是典型的艺术家的炫技之作。

室内的布局更是令人惊叹。房间里,所有装饰都纠结着这家人与中国难解难分的缘分:孔子的画像,屈原的雕像,还有许多琳琅满目的中国工艺品。卡佳指着摆在书桌上的一件十分古旧的中国工艺品对我们说,这是林彪元帅送给她父亲的礼物,她的父亲是当年苏联"亚非协会"的主席,是毛泽东主席身边的常客。最后,卡佳神秘地把一个佛像拿给我们看,这个佛像满身都写满了历史的云卷云舒。卡佳把双手交叉着放在胸前,不好意思地笑着说,这是寺庙里的东西,是她父亲"偷来的"。但是,卡佳随即话锋一转,请我们不要为此责怪她的父亲,她的父亲实际上是保护了中国的文物免遭"文革"浩劫。

谈着说着,我们的话题又转向了帕斯捷尔纳克。卡佳告诉我,

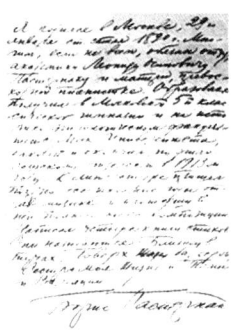 

他们家曾经和帕斯捷尔纳克家做过邻居，他的父亲也是一位小说家，长篇小说《剑与盾》曾经被翻译成中文，1968年还被搬上了银幕。

哦，我们眼前的这位卡佳，原来是大名鼎鼎的瓦吉姆·柯热夫尼科夫、苏联时期著名的刊物《旗》的主编的女儿啊！当年，瓦吉姆·柯热夫尼科夫曾经答应发表《日瓦戈医生》中的几首诗，但是最终迫于政治压力而未能付梓。

分手时卡佳对我们说：如果再来看望帕斯捷尔纳克，一定要到她的家里来，到时，她会告诉我们她的邻居帕斯捷尔纳克的一些鲜为人知的故事。

很庆幸，我探访了帕斯捷尔纳克，并且巧遇了他的邻居！只是，不知何时再有机会去看望帕斯捷尔纳克。

献给茨维塔耶娃的一束玫瑰

2003.10.4

有那么一个清晨,刚刚搬进位于莫斯科市中心的一座3层小楼房的奥利亚,意外地看到门口有一束鲜艳的红玫瑰。而在接下来的日子里,这种意外就渐渐变成了一项生活的常规。在不同时间的同一位置,不同的玫瑰花释放着献花人同样炽热的情怀。每当奥利亚发现了不知名者放在门口的红玫瑰时,她都会轻轻地将它们收起来,安放在小楼里一间有着11个墙角的房间里,这个房间曾经是俄罗斯白银时代的著名诗人茨维塔耶娃的卧室。1914年到1922年的8年间,茨维塔耶娃就是在这个房间里的一张小桌上写下了让无数心灵无法平静的诗,这些诗就像人们献给她的这些激情燃烧的红玫瑰一样。

奥利亚决定将这栋房子改建为茨维塔耶娃的博物馆,于是她开始为此而四处奔走。大约在十几年后,茨维塔耶娃故居博物馆正式对外开放。

建成这座博物馆是一件很艰难的事情。因为除了房屋的结构没有改变外,房间内的物品已经全部不复存在了。1922年茨维塔耶娃离开莫斯科前往德国去追寻流亡在外的丈夫,从此以后,这栋房子就不再属于她了。她离开之后,这栋房子住过许多不同的家庭,最多的时候,这栋房子里一共住过8户人家。1939年,茨维塔耶娃历尽艰辛辗转回到了自己的祖国,结果她发现,偌大的俄国已经没有她的容身之所了。在一个寒风呼啸的下午,无家可归的茨维塔耶娃领着她的小儿子站在这座房子的门口,眼巴巴地望着这两扇沉重的木质大门一开一合,揶揄着一幅幅温暖的生活图景,她深深感到,自己已经被生活久久地遗弃了。

站在茨维塔耶娃的卧室里,我想,我已经更加理解作为诗人的茨维塔耶娃了。历经了无数次的变故之后,这个卧室里依然弥漫着因一个伟大的诗人而产生的经久不息的浪漫情绪。讲解员告诉我,这个房间是茨维塔耶娃最喜欢的房间,也是修复得最为完整的房间,房间里的物品摆设是完全按照茨维塔耶娃自己的描写复原的。当时,有许多诗人、演员、导演常常造访于此。一张完整的狼皮铺在地毯上,一台很大的留声机摆在墙角,一张小小的书桌倚窗而立,主人就在方寸之地上任诗思驰骋万里,飨飨着俄罗斯诗歌的盛宴。在茨维塔耶娃的生活中,只有诗是她永远不离不弃的伙伴。无论生活如何艰难困顿,她的诗却永远散发着迷人的芬芳。

伴随着茨维塔耶娃一生的是一次又一次的巨大不幸,这些不幸不断咬噬着她的生命,直至将她全部吞没。就在革命刚刚开始时,她的立志要拯救俄国的丈夫随"白匪"南撤,从此杳无音信。茨维塔耶娃孤苦无依,独自带着三个女儿艰难度日。那是一个动乱的年代,为了换取食物,她把家具一件件地变卖了,在饥饿难挨的日子里,她曾经用一架钢琴换过一袋黑麦。为了御寒,她把桌椅劈成木柴,放在铁炉子里燃烧取暖。时隔不久,她的两个天使般的小女儿列娜和伊琳娜相继死于冻馁。

不知道茨维塔耶娃是怎样忍受上帝如此残酷的折磨的,她身无长物,剩下的只有书和一颗与诗绞结不休的心。在餐厅的屋顶,我看到了一个像井一样的窗户,非常别致。每当夜晚来临时,漫天的星星透过玻璃窗点点滴滴地洒落在茨维塔耶娃凄清的心境里,有时,月亮也会挤进窗棂,照着这个苦命的女人。她就这样怀抱着星星月亮,用她长满冻疮的手给她的丈夫写诗,一直写到繁星若泣、月落无声。

从一楼通往二楼的木楼梯被茨维塔耶娃叫作"通往天堂的阶梯",对着楼梯的墙上,挂着阿赫马托娃、勃朗克等诗人和演员的画像。茨维塔耶娃无数次地顺着这条楼梯盘旋而上,来到丈夫的房间,大概,在她的感觉里,丈夫的怀抱就是她永远的天堂。这间屋子里挂着满墙的壁毯,摆着一张十分阔大的办公桌和一张同样阔大的沙发。茨维塔耶娃也许曾久久地盘桓在每一件物品前,想念着流浪在外生死未卜的丈夫。终于有一天,她的思念让石头都开花了,她终于收到了丈夫的来信。当得知她的丈夫滞留在土耳其有家难回时,茨维塔耶娃立即向当时的苏联政府申请去国外。1922年,茨维塔耶娃带着唯一的女儿赶赴德国,在那里与失散已久的丈夫重逢了。后来,一家人又转辗到布拉格,最后在巴黎郊区安顿下来。如果说茨维塔耶娃的一生中也有过快乐的时光,那就当属从与丈夫的重逢到小儿子出生的那段时日了。她在一首叫作《黄昏》的诗中这样写道:

我愿意和你住在一座很小的城市里
那里有永恒的黄昏和永恒的歌声
郁金香在幽幽地吐着芳香
对面的楼房的窗里
有位年轻人在吹着笛子
你懒懒地躺在床上
看着烟灰一点一点地落下
……

这是一幕多么和谐动人的生活图景!而这种和谐动人的生活正好是诗的暖床。她的诗歌在疯狂地生长着,"以星星和玫瑰的方式生长,按照星星的规则,花朵的公式生长"着。

然而,茨维塔耶娃在诗歌旺盛生长的季节里,又陷入了另外一种孤独中。在巴黎,她的诗在俄国人的圈子里很难被接受,因为她的诗被认为有点"怪",而她又不肯曲意迎合读者,这使她的处境非常艰难。西班牙内战爆发后,她的丈夫和女儿参加了反对弗朗哥政府的秘密地下组织,后遭到驱逐。1939 年,她和丈夫带着女儿和儿子一同回到了俄罗斯。

从流落国外的那一天起,重归祖国就永远是一个挥之不去的梦想。她的丈夫因想念祖国,一直无法平静地生活,但茨维塔耶娃明确地知道,从他们离开祖国的那一天起,他们的祖国已经不复存在了。1939 年,也就是在他们回到祖国的那一年,她的女儿和丈夫先后被捕入狱,她自己的行踪也遭到监控,连最起码的人身自由都丧失殆尽。她没有栖身之所,独自带着年幼的儿子到处游荡。她靠翻译诗文赚得的一点钱维持生计,每个星期还要给监狱里的丈夫和女儿送食物。那是一段非人的岁月,她的生活几乎陷入绝境,身心倍受蹂躏。多年以后,俄罗斯作家协会在整理资料时发现了一封茨维塔耶娃写给作协的信,在信上,茨维塔耶娃请求作协给她一份洗碗的工作赖以维生,其言辞之凄切令观者无不动容。

"我的血管猛然被砍开:无法遏制,不能回复,生命向前喷涌……"当喷涌的生命遭到无可抗拒的遏制时,茨维塔耶娃选择了一种最有力的抗拒方式——死。1941 年 8 月 31 日,茨维塔耶娃在鞑靼的一个不知名的小地方叶拉布加自缢身亡。三封遗书中的一封是留给儿子莫尔的:"小莫尔,请原谅我,但往后会更糟。我病得很重,已经不是我了。我狂热地爱你。你要明白,我再也无法活下去了。请转告爸爸和阿利娅——如果你能见到的话——我直到最后一刻都爱着他们,请向他们解释,我已陷入了绝境。"

在那个喧嚣动乱的年代，茨维塔耶娃的死如露珠跌入大地般悄无声息，最终，人们连她葬在哪里都无从知晓。

在故居三楼的茨维塔耶娃文学纪念馆里，茨维塔耶娃诗集的外文译本摆了满满的一柜。其中有中文译本《致100年以后的你》。封面上，茨维塔耶娃含笑注视着这个曾经让她寒心的世界。目光是柔婉的，就像她的诗。在她的头像下面，是一束红艳艳的玫瑰花。

唯一可以告慰她的是，即使在100年以后，她的诗仍然会在世界各地生长着，以星星的法则，以玫瑰的公式……

在新处女公墓解读生命

2004.4.5

在美丽的莫斯科河的西南河湾处,有一座被高高的围墙圈起的红白相间的建筑群,远远望去,像一座童话里的城堡,那就是著名的新处女隐修院。与隐修院一墙之隔的,就是名扬遐迩的新处女公墓。新处女公墓对于俄罗斯人,特别是莫斯科人来说是无比神圣之地,是他们追思往事、寄托思念、慰藉心灵、憧憬未来的殿堂。

来到莫斯科后,新处女公墓是我去得最多的地方。我曾多次带国内来的朋友到这里参观。每次走进墓园,我的心灵都经受一次透彻的洗礼。我怀着无限的敬仰徘徊在这些生前光耀千秋、死后仍为人缅怀的灵魂面前,将自己心灵的每一个角落都袒露在阳光下,或轻轻舔舐伤口,或缓缓拂去忧伤,或深深埋葬记忆。这是一个可以让心灵在人头攒动的喧嚣中安静地小憩的地方。

始建于16世纪的新处女公墓是欧洲三大公墓之一，总面积7.5公顷。起初，这里是教会上层人物和贵族的安息之地，19世纪时才成为俄罗斯著名知识分子和各界名流的最后的家园。20世纪30年代，原来安葬在教堂里的一些文化名人也被迁移到这里。在这里安息的，是2.6万个在俄罗斯历史上留下浓墨重彩的名字：著名文学家果戈理、契诃夫、马雅可夫斯基、法捷耶夫，作曲家肖斯塔科维奇；戏剧理论家斯坦尼斯拉夫斯基；舞蹈家乌兰诺娃；画家列维坦；科学家图波列夫、瓦维洛夫；政治家赫鲁晓夫、米高扬……每个人通过自己与众不同的墓碑，向世人讲述他们各自的不可复制的生命故事。

通常，到这个墓地来拜谒的人大都是来追思他们仰慕的仙逝者，在其墓前献上一份崇高的敬意。而有的则是为了来这里欣赏艺术，欣赏锻造在石头和金属间永恒不变的神奇力量；大凡来这里的中国人，则是二者兼而有之。

新处女公墓是个林木葱郁的地方，高耸的白桦树组成的林荫道将墓地分割成几个大区：作家艺术家区、院士学者区、社会活动家区、军人英雄区等。说新处女公墓是一座艺术的殿堂一点都不过分。这里的每一座墓碑都是寓意深刻、造型精美的艺术品。墓碑有石雕的，有铁艺的，有木刻的，还有根雕的，其造型更是因逝者身份、职业的不同而匠心独运，各具神韵。一位音乐家的墓碑是一行五线谱上跳跃着音符，一位炮兵元帅的墓碑旁立着一座喀秋莎火箭炮模型，一位海军元帅的墓前摆着一只小型铁锚，一位飞行员的墓碑雕像是一只苍劲的雄鹰立于长方形的碑身之上，一只翅膀折断了，覆盖着半边墓碑，而另一只却直指苍穹。它寓意着这位英雄身躯虽已消失，而他翱翔太空的理想却仍直冲云霄。有一个墓碑是一位母亲怀抱着婴儿的塑像，母亲面容圣洁，目光幽怨，一看碑文，才知这是一对二战中惨死的母子的墓，妈妈20出头，婴儿只有5个月大。

芭蕾舞演员加林娜·乌兰诺娃的墓碑正对着墓园的入口处，白色的大理石上雕刻着她栩栩如生的舞姿，让人感叹其艺术生命的不朽。在她的旁边，是俄罗斯人极其爱戴的喜剧演员尼库林的墓碑。

生铁铸成的如真人一般大小的尼库林，身边卧着一条体形硕大的狗，状如一对知己在相互默默地守望着。在他的脚边，是一束束祭拜者献上的鲜花。在这个崇尚艺术的国度里，真正的艺术无论在生前还是死后都不会寂寞。

再往里走，一位位名传千古的文学艺术大师和历史名人接二连三地回转人间。

文学大师果戈理的墓碑，是由白色大理石雕成的头像，他的嘴角露着嘲笑的表情，就像他的作品，阴郁的笔调却能逗得整个俄罗斯会心一笑。据说果戈理的墓里只有身躯没有头颅，不翼而飞的头颅究竟去了哪里，至今仍然是个不解之谜。

紧挨着果戈理的，是契诃夫的墓地。他的墓是一座白墙灰顶的小屋，青铜碑好似小屋的窗户，仿佛大师正透过这扇窗户在洞察着

这个在生前以快乐他人为己任的演员，现在终于有时间悠闲地抽根烟了。此时此刻，此情此景，我那一直被喧闹包裹着的心渐渐安静下来了。

纷纷扰扰的世界。墓碑上象征海浪的线条和墓栏上宛如剧院幕布的造型，是他生活在伏尔加河畔、工作在莫斯科艺术剧院的标志。

《钢铁是怎样炼成的》一书作者奥斯特洛夫斯基临终前的最后一刻，被雕塑家永远地定格在一块赭石色的大理石上：他的一只手放在书稿上，尽全力支撑起饱受疾病折磨的身躯，眼睛平静地注视着远方，墓碑下面还雕刻着伴随了他大半生的军帽和马刀。

苏联著名的男高音歌唱家索比诺夫去世后，女雕刻家穆希娜将墓碑设计成一只垂死的天鹅，这只洁白的天鹅长颈伏地，双翅收拢，平静的死亡中有一种震撼人心的力量。

赫鲁晓夫的墓碑前是参观者驻足最多的地方。由于特殊的政治背景，赫鲁晓夫没有进入克里姆林宫高墙下的特殊墓地，而是被"发配到"新处女公墓。他的墓碑是著名现代派雕塑家涅伊兹维斯内的作品。赫鲁晓夫生前曾多次在公开场合责骂这位雕塑家吃的是人民的血汗，拉的却是臭狗屎，而赫鲁晓夫在临死前却希望请涅伊兹维斯内来雕塑自己的墓碑。宽容的艺术家完成了赫鲁晓夫的遗愿。他设计的墓碑用7块黑白大理石相向衔接堆砌而成，赫鲁晓夫的头像从黑白几何体的中间探出，参省着自己毁誉参半的一生，脸上是一派功过是非任人评说的坦然。

作曲家肖斯塔科维奇的墓碑上只是简单的几个音符，简洁中透着凝重。看着墓碑，《列宁格勒交响曲》立刻在耳边回荡。1941年到1944年间，法西斯德国军队把列宁格勒围困了三年零一个月，90多万人被残酷的战争夺去了生命。1942年8月9日，当德军以为列宁格勒已是囊中之物，德军军官们已经准备参加在列宁格勒阿斯托理亚大酒店举行的庆功宴时，肖斯塔科维奇的《列宁格勒交响曲》竟然在那家酒店里震撼了全世界！

当时，列宁格勒广播乐团只剩下一名指挥和15名团员，其余的人有些被饿死或冻死，有些受伤躺在医院里，有些去了前线。但人们用各种方法克服困难保证演出如期进行，乐团在全市征集临时乐手，飞机为乐团空运来了总谱。为了使演出正常进行，苏联红军以最猛烈的火力将敌炮打哑，随后，这部深刻表现苏联人民对法西斯侵略者的愤怒与反抗的交响曲响彻了列宁格勒的上空。

在新处女公墓，卓娅墓的雕像最令人震撼：她双腿微曲，胸膛裸露，不屈的头颅高高昂起，短发和破碎的衣襟在风中沙沙起舞。雕像的表情和姿势是依照她被德军绞死后的真实照片雕塑的。临刑前，惨无人道的德军不仅强暴了她，而且在她就义后将她的一双乳房割掉。卓娅英勇牺牲的消息传到莫斯科，斯大林命令当时的城防司令朱可夫大将：立即将杀死卓娅的德军步兵团的番号通报给所有的红军部队，务必将其一举歼灭。

还有重要的一点必须提及，那就是新处女公墓没有下葬过商贾。俄罗斯的一些新贵曾向公墓提出买一块地作为百年之后的归宿，但无论他们出多少钱都无法达到目的。公墓之中已经没有空地，而且公墓的地不是可以用金钱来衡量计价的。

在某种意义上,新处女公墓是对这个国家的历史记忆,是这个国家对传统习俗和道德进行重新认识和思考的"基地"。也正因如此,新处女公墓不是告别生命的地方,而是重新解读生命、净化灵魂的圣殿。

普 希 金 的 皇 村　　2004.5.5

有位中国朋友住在圣彼得堡的皇村，那是普希金从一个懵懂孩童成长为一个天才少年的地方。这位朋友每次见面都向我们描述皇村是多么多么的美丽。每次，他都会以这句话结尾：不到圣彼得堡不算到过俄罗斯，不到皇村不算到过圣彼得堡。他这话的准确性无从考证，倒是听过这句话的每一个人都动了去皇村一游的念头。我是这其中最为冲动的一位，身未动，心已至。皇村，美丽的皇村竟然不止一次地闯入我的梦中。

皇村中学是普希金那短暂的一生中落墨浓重的一笔。1811年，普希金进入宫廷专门为贵族子弟开办的皇村中学，在这里的6年时光中，普希金获得的各种营养生命的丰厚积淀，为他日后的人生道路做好了必要的铺垫。

进入我视线的皇村中学已成为一座博物馆了，它的建筑是俄国皇家最大的城外宫殿——叶卡捷琳娜皇宫东侧的延续，与皇宫仅一墙之隔，但建筑风格和主体颜色却自成一体。叶卡捷琳娜皇宫周围是一座很大的、非常美丽的皇家公园，碧绿的草坪，参天的古树环绕着一个天然的湖泊。公园里有许多古希腊神话中诸神的汉白玉雕像，当然还有一尊少年普希金的雕像：他坐在公园的椅子上，沉思着，仿佛在酝酿着一首新诗。看着这座雕像，普希金当年在公园里散步、休息、嬉戏的场景便跃然眼前。

因为叶卡捷琳娜皇宫和皇村中学连在一起，所以，我先去参观了叶卡捷琳娜皇宫——她现在和冬宫博物馆一样，成了彼得堡主要旅游景点之一。

叶卡捷琳娜皇宫规模之大，设计装潢之豪华，是欧洲任何一个国家的君主帝王的宫殿都无法比拟的。宫殿里的每一个大厅都金碧辉煌、精美绝伦。其中最著名的是琥珀厅，它的墙完全由一块块不同颜色的琥珀镶嵌而成，人一走进去，就像在和煦的阳光中沐浴一般。这里曾是专门用来接待外国使节的。二次世界大战期间，皇村被德国士兵占领了整整3年。叶卡捷琳娜皇宫被洗劫一空，琥珀厅里经过艺术加工的两吨多重的琥珀全部被挖下运往德国。战后，大批的专家学者、记者们一直在寻找这批琥珀的下落，至今没有结果。德军在撤退时还放了一把火，把皇村的宫殿烧毁，留下的只是废墟。

20世纪70—90年代间，苏联及俄罗斯政府花了三十多年时间恢复了叶卡捷琳娜皇宫的原貌。而为了恢复琥珀厅，政府在皇村专门开办了一座琥珀加工厂，总共从出产琥珀的波罗的海沿岸运来了六吨重大大小小的琥珀块，花费了1400万美元。

当年，叶卡捷琳娜皇宫的修建标志着俄罗斯的强盛。其时，俄国经过彼得大帝的改革和叶卡捷琳娜女皇的文治武功，在政治、军事和经济等领域取得了巨大成就，疆土面积急剧扩张，国家空前强盛。普希金正是在这一历史阶段来到了俄罗斯政治中心圣彼得堡学习和生活的。

在皇村中学，我移步换景，普希金读过书的教室、吃过饭的餐厅、住过的宿舍和睡觉的小床渐次呈现在我的眼前。皇村学校博物馆的讲解员给我们生动地讲述了当时学校生活的很多细节，一个血肉丰满、充满灵动的少年普希金形象便鲜活生动起来。

皇村中学的宿舍是联排式的平房，每个学生都有独立的房间。普希金的寝室是14号，他的好友伊万·普欣是13号。房间小小的，有一张铁床，一个柜子，一面镜子，一把椅子，洗脸台就是一个小桌子。房间里还有一张小小的写字台，上有墨水瓶、铜烛台。总之，那里面所有的东西都是小小的，而它们的主人是刚入学时只有12岁的、小小的男孩。宿舍房间之间的墙很薄，薄到夜里可以隔着墙交谈。普希金喜欢同普欣交谈。他们在入学之初就成了好朋友，当普欣知道他的新朋友已经读了那么多的书时，感到非常惊讶。普希金有好几首诗是写给他的。后来，普欣因参与了十二月党人在1825年的起义，被当局流放到西伯利亚去了。晚年普欣留下了一部对普希金非常有趣的回忆录。

普希金的另一亲密好友是戴尔维克。这个懒男孩也喜欢写诗,只有他最了解普希金,最早预测到了这位同班同学日后将成为怎样的天才。普希金也喜欢戴尔维克的诗,只是后来普希金以一日千里的速度成长为伟大的诗人,而戴尔维克始终只是写诗而已。

班上还有一位"诗人"久赫尔贝克。这位又瘦又高、脾气古怪,自尊心很强的少年一直被同学们作为嘲弄的对象,成了许多漫画的主人公。他写的诗最多,其中有些诗被普希金所欣赏。他也因参与十二月党人活动而被监禁。

那时校园里的文学气氛很浓,学生们都喜欢写讽刺诗、画漫画。常常刚完成的诗立刻被学生谱成曲,立即就传唱开来。

可以说,皇村中学有着异常肥沃的、可以生长诗的土壤。

讲解员告诉我们,那时,老师和学生之间是互敬互爱的,他们的关系可以用"民主"一词来形容。老师对学生称您,也称呼为"先生"。

讲解员给我们讲了这样一个故事。学校的第二任校长恩格尔加特在1816年上任后极力想同学生拉近距离,所以经常请学生到他的家里来举办家庭晚会。普希金去了几次后就觉得很无聊,于是不再去了。一天,这位和蔼的校长走到普希金的课桌前,和气地责备他为什么那么冷淡地对待校长,不参加校长的家庭晚会,他要普希金坦率地告诉他原因。普希金先是皱着眉头听着,渐渐地,他被校长的诚意所感动,他向校长道歉,而后,俩人紧紧拥抱在一起,热泪盈眶。分手十分钟后,校长又折回到教室找普希金,只见普希金正在一张纸上写东西,见到校长就赶紧把纸藏起来。校长说,对好朋友是不应当有隐瞒的。不得已,普希金打开了课桌的桌面板,原来纸上画的是一张校长的漫画,下面还写了一首刻薄的讽刺诗。校长并没气恼,只是说了一句:现在我才知道您为什么不愿意来我家了。然后,他心平气和地把这张纸还给了普希金后走开了。

在学校的老师中,普希金评价最高的是库尼岑。后来,普希金在献给皇村中学周年纪念日的一首诗中写道:

把心灵和美酒都献给库尼岑
是他塑造了我们
培育了我们炽热的情操
是他在我们心中点燃了晶莹剔透的神灯
给我们打下了基石的
也是他……

皇村中学第一届毕业生中出现了不少名人。其中有戈尔恰科夫，外交家，后来当了政府总理；马秋什金成为海军上将、著名的探险家。

皇村学校开学后，沙皇亚历山大一世好像完全遗忘了这所学校。1812年初，他正忙于应对同拿破仑的战争。当年6月，在60万法军重压下，20万俄军开始撤退。8月，莫斯科西部爆发了伟大的博罗季诺战役，莫斯科居民全体撤出城市，只给拿破仑留下一座空城和一场神秘的大火。

学生们很关注战争局势的发展。普希金后来写道："我们学校的生活同时代的政治事件融合在一起了。1812年的事件深深影响到了我们童年的生活，我们的爱国主义情绪。比如俄军去前线时都要路过皇村，我们都会前去看他们，有时甚至于从正在上课的教室跑出去。"

在皇村学校读书时，少年普希金就开始写诗了。在《叶甫根尼·奥涅金》中他这样写道：

当年，在皇村学校的校园里，
我像朵鲜花似的自由开放；
喜欢读阿普列尤斯，
而没读过西塞罗。
当年，在神秘的山谷里，
春光明媚，天鹅鸣啼，

我伫立水边,欣赏幽波激滟,
缪斯在我的面前出现。
我学生时代的小房,
突然大放光明:
缪斯在这里大摆年轻人才思的盛宴,
歌唱童年的欢乐,
也歌唱我们古代的荣光
和心灵的颤栗梦想。

1814 年,他的《致诗友》一诗发表在《欧罗巴导报》上。1815 年,学校考试时,他当众朗诵了自己的诗作《皇村回忆》,受到宫廷大诗人杰尔查文的高度赞赏。

有关那次考试,普希金回忆说:那一天学生们都心情激动地等待着俄国诗圣杰尔查文,戴尔维克跑到楼梯边等着他,想吻一下伟人的手。当杰尔查文走进前厅时,第一句话就问看门人:厕所在哪里?戴尔维克马上改变了计划,失望地回到了考厅。考试开始了,老头儿看起来很累的样子:"脸上毫无表情,目光混浊,下巴垂着……他一直在打盹,只是到了考俄语时,他一下子复活了,眼睛发亮了,人整个地变了,当然有学生朗诵、分析和赞扬了他的诗,他贪婪地听了。"

后来轮到了普希金,他站在离杰尔查文只有两步之远的地方朗诵了《皇村回忆》。"我很难形容我当时的心情,在念到杰尔查文的名字时,我的少年嗓音突然响亮了,心欢乐地跳了起来……我不记得怎样念完的,也不记得后来跑到哪里去了。杰尔查文赞叹不已,叫人把我找回来,他想抱抱我……有人去找我了……没找到……"

就这样,少年普希金用他的诗将杰尔查文感动得热泪盈眶,后来,他的诗感动了整个皇村,进而,他的诗感动了整个俄罗斯,感动了整个世界。

最终,普希金的名字就像一轮金色的太阳,照耀着俄罗斯大地上茁壮成长的诗歌。

如今,叶卡捷琳娜皇宫外的小镇已经不再叫作皇村了,她有了一个俄罗斯大地上最最响亮的名字:"普希金市"。

莫斯科散记

当红颜

在兰花的叶蔓中长成了往事

你的爱还在吗

如果爱

你的手会从天边穿空而来

捉住我冰凉的落寞

我梦魇中飘零的呼唤

终于有了一个触手可及的支点

如果爱

你怎舍得让我孤单徘徊在街口

对着你的方向张望

直到目光被冻僵

直到涨满期待的心干瘪成化石

如果爱

你会在天遥地远中

呵护着与我的朝朝暮暮

不让那些长了老茧的情话

因时间久远而黯哑

如果爱

你的爱还在吗

如果爱已远离

请让我知道

我会悄悄收拾起残破的凄惶

用一个含泪的微笑

完成一个疼痛而尊严的转身

如果爱

你会及时从蜂飞蝶舞的花丛中

收回流连的目光

把我沉默的平凡

注视成你永远的风景

坐地铁，观莫斯科人生活百态

2004.6.18

每当上下班高峰时间，几乎是半城的莫斯科人都汇聚在地铁内，人头攒动，川流不息，任劳任怨的地铁列车载着莫斯科人紧张有序的生活渐行渐远。莫斯科就这样浓缩在这一方方的空间里，任生活的脚步生生不息地延续着……

莫斯科的地铁一直是俄罗斯的骄傲。城内100多个建筑风格迥异的地铁站简直就是一座座地下宫殿，历久弥新，闪烁着俄罗斯人智慧的光彩。一提起地铁，莫斯科人可以喋喋不休地说出它的许多好处：两辆列车进站的间隔只有1分钟左右，等候时间短；速度极快，5分钟两站，容易计算时间；永远也不用担心塞车；票价便宜，只要你愿意，买张几个卢布的票就可以在地下穿行整个莫斯科……

只有进入地铁，你才会完完全全地理解莫斯科人的骄傲。最令初次进入地铁的外国人咋舌的是地铁内的滚动电梯，有的竟长达数十米。登上电梯向上翘首，一眼望不到头，倒真有一种扶摇直上的感觉。随即你就会发现，莫斯科人在乘地铁时所表现出的精神面貌与地铁内富丽堂皇的背景相得益彰。一走上电梯，人们就会自动靠右站立，左侧空出作为急行道。地铁的滚动电梯速度本来就很快，还总有一些人急速抢行。这些人大多是年轻人，肩背挎包，手提便袋，为了争夺那短短的几分钟时间而三步并做两步地沿阶而上。而右侧站立的人中，男女情侣相对而立，或深情对视，或倾情拥吻，都坦然自若，如入无人之境。

偌大的地铁站宛若一个时装展示场，在这里，你可以见到绝对超乎寻常的奇异装束。

一次，我在阿尔巴特地铁站内见到了极为新奇的"景观"：一位摩登女郎，剃得光光的头上，一撮长毛悄然独立，风吹过来，竟能岿然不动，这个造型的设计者是在刻意地表现一个怎样卓尔不群的意念，令观者颇费思量。不多时，又有一位新新人类闪亮登场，只见这位身材极佳的妙龄女郎，可以暴露的部位上都有不同的装饰，最奇特的是，她的身上可谓"环环相扣"：眉角上带着眉环，鼻翼上带着鼻环，嘴唇上带着唇环，肚脐上带着脐环，就更不要说耳环、指环、颈环了。环顾左右，笔者发现，周围的倨傲男士竟然对其视而不见，在美女香躯的艳光照射下，照样看他们的书，填他们的字。

顺便交代一下，莫斯科人特别喜欢读书，在地铁内读书已成为一种习惯，他们尤其喜欢报纸杂志上的一种填字游戏。莫斯科人在地铁内很少讲话，如果有人主动和你搭腔，那么，不是你妨碍了他，就是他喝醉了酒。一上地铁，无论是坐是站，他们就一头钻到那些空格里填起字来，神情专注得像整个世界就他一个人似的。奇怪的是，无论填到多么忘我的程度，他们都能从沉醉中及时回过神来，起身下车，绝不会坐过站。

不要说任何事都无法引起地铁内的莫斯科人的注意，一般情况下，他们会为一只被带上地铁的狗行"注目礼"。

狗一般情况下是在主人的引领下上车来，之后，它会很自然地卧在主人的脚下，并懂得对同车乘客的善意提问及时报以善意的"眸语"。"是男孩还是女孩？""几岁了？"等等关于狗的问题通常由狗的主人代替回答，这时，狗的主人洋溢着慈爱的目光不时地投向狗，仿佛是在征询狗对这些问题的答案是否满意似的。

俄罗斯人爱狗是出了名的，俄罗斯人对狗的情感依赖是独有的，狗在他们眼里是家庭的一分子。既然是家庭的一分子，那么，狗们就理所当然地享有与人对等的待遇。

我在地铁内见到过这样的情景：一位母亲带着一个三四岁大的孩子和一只狗。上地铁时，孩子是被拉上来的，狗呢，是被抱上来的。拉上来的那个孩子极好看，脸蛋纯洁得像个天使，抱上来的那条狗极丑陋，脸蛋皱得像核桃皮。上来坐下，孩子站在膝头，狗却卧在膝上。只有我这个东方人会觉得这是个问题，而俄罗斯人早已见怪不怪，或许，还认为这是一种美德呢。

通常，地铁过道里是一个非常热闹的去处，卖小货的，卖书刊的，卖艺的，还有乞讨的。

卖小货的通常是一些老头老太，小小物件换点零花钱，虽然清苦但活得坦然。也有一些老头老太和残疾人干脆伸手要钱，穿得干干净净，要得安安静静，这些人也绝没有不坦然。总能看见一些未婚妈妈怀抱幼儿伸手讨钱，青春还依然健在，而美丽却被生活的艰辛作弄得灰头土脸的，由不得你不同情。

卖艺的多是一些音乐家，或拉小提琴，或吹萨克斯，或放声歌唱，运气好时，还能看到相当阵容的乐队表演。这些准艺术家们的面前大多放一个小袋子，或干脆把乐器盒子打开，人们会把零钱丢进去，但感觉上钱对他们不是最重要的，重要的是有人欣赏他们的音乐。这些音乐家们有一种特殊的高贵，这份高贵与他们的音乐一样，绝对不是区区一点钱就可以侵犯的。

这就是地铁里的莫斯科人，这就是莫斯科人倾情的地铁。

我的房东谢尔盖

2004.6.18

"谢尔盖"在俄罗斯是一抓一大把的名字,类似于我们中国的刚啊、民啊、友啊什么的。在一个落雪的冬日的早晨,这位谢尔盖第一次来到我们报社。他高高大大地站定,目光湛蓝地与我们每一位必将成为他的同事的人行注目礼,极富立体感地让他那肤若凝脂的脸笑意融融,然后,略略躬身,以手抚胸向我们致意,余音袅袅地对我们说道:我叫谢尔盖,但是,我是一个非常非常"不同"的谢尔盖!

这话立刻引起了在场所有人的兴趣,马上就有人插话:不同?怎么不同?谢尔盖眨眨眼睛,说:请让我留下来工作吧,我会让你们的眼睛告诉你们答案的。

于是，谢尔盖留下来做了报社的司机，两个月后，他正式荣任为我们的房东。

作为同事的谢尔盖有何"不同"，我的眼睛始终没有告诉我，他中规中矩地工作，没有怨言可也不是充满热情的样子。但作为房东的谢尔盖的种种"不同"，我是的的确确地感受到了。

谢尔盖租给我们的房子在一楼，他自己就住在楼上。房子前面是一眼望不到边的树林和湖泊，景色美得令人沉醉，这是我们到莫斯科以来以同样价位租到的最满意的房子。我们的房子共有三个房间，我和报社另外两个女友同住。房子不是很新，但家具灶具齐全，壁纸和地毯都很干净，用朋友的话说，我们的房间里萦绕着一股家的味道。

让我欣喜的是，我的房间里有一架钢琴，虽然很古老的样子，但用手一触琴键就知道这琴是刚刚调过音的。谢尔盖在琴键上放了一张纸条，上面写道：请您温柔地对待她！于是，为了疼爱这架钢琴，我把我最喜欢的丝巾盖在上面。

一个休息日，我在琴键上随意地弹着，不知道弹了些什么，大约都是相距万里之外的家国往事。正当我无比陶醉的时候，门铃响了，是谢尔盖。

他迫不及待地坐下，询问我可不可以弹琴，随即，他的指尖便

流淌出了柴可夫斯基的《四季》，之后是贝多芬的《月光曲》，再之后是不知道是谁的《梦中的婚礼》，再之后，我们三位听众统统傻掉了。

谢尔盖手指一刻不停地说，我还会弹舒伯特，于是就舒伯特。我还能弹肖邦，于是就肖邦……于是，室友做了最拿手的中国菜来礼遇谢尔盖的音乐，于是，那个美丽的星期天被谢尔盖的美妙琴声给浸润了。

送谢尔盖出门，我们三人显然还没有从那如梦如幻的音乐中回过神来，我们相对无语，沉默许久。

不知是谁叹了口气说：哦，谢尔盖！

剩下的两个人会意地深深点头，叹气：是啊，谢尔盖！

大约半年后，谢尔盖辞去了报社的工作，他辞职的理由是：他要去远足。仅此而已。

过了两天，谢尔盖来取房租。他带来一束白色的百合花，小心翼翼地帮我们插进花瓶里。霎时，房间里就充满了百合的香气，沁人心脾。

那天，谢尔盖坐下来和我们一起喝咖啡。我们聊了很多。谢尔盖幽默、诙谐,一脸的真诚。他给我们讲他的童年,他的第一份工作,他的离去的太太和儿子,以及他这次远行的目的地。即使讲到在中国人看来很伤感的事情时,他的脸色依然是明朗的。

我们问他:回来后,会继续工作吗?

他耸耸肩说:可能吧,假如我觉得有必要的话。如果没必要,我就做你们的专职房东好了。

我们知道,那些房租是不足以维持他在我们看来颇为潇洒的生活的。

我们又问:你以什么来到衡定是否"必要"呢?

他用手指着心口,说:我不知道,但我的心知道。我的心总是向往着远方。

我们再问:你不为你的将来担忧吗?

他耸耸肩,说:为什么要为明天的事担忧呢?我现在拥有的是今天,我现在正在失去的也是今天,无论从哪个角度说,今天,只有今天才是我真正的人生,所以,我要享受今天,不能辜负今天,因为我现在还有能力享受今天。

言毕，我们无语对答。

送走谢尔盖，我问我的室友：我们可以像谢尔盖那样生活吗？

那两位把头摇了又摇，说，坚决不可以。

我说，那样的生活一直是我的理想呢。可是，就目前而言，坚决不可以！

我心里明白，那样的生活之所以无法企及，缘于我的心里牵绊太多。如果有一天，我能知足、知止，我想，我也可以享受人生，而不是熬过人生了。

一个月后，谢尔盖远行归来。在我们休息时，他带我们去看风景，听音乐会，我们给他做中国菜，送他北京的"伏特加"。他叫我们"捷无什卡"，我们叫他"谢先生"，弄得报社其他同事羡慕不已，说我们前世修行得道，才有福气在异国他乡遇上这样的房东。

又过了一个月，谢尔盖再次来向我们告别，说他要去加拿大。

问他什么时候回来，他说，那是以后的事了，现在哪里知道。

在他把简简单单的行囊搬上车时，我们出来为他送行。谢尔盖向我们挥手，说，再见了，我亲爱的朋友们！当时，正值黄昏，谢尔盖背倚着斜阳,他高高大大地站定,目光湛蓝地与我们每一位已经将他视为朋友的人行注目礼,极富立体感地让他的肤若凝脂的脸笑意融融,然后,略略躬身,以手抚胸,向我们致意,然后潇洒地转身,绝尘而去。

再以后,就是一个胖胖的女人来替谢尔盖取房租,一直到我们离开这里,谢尔盖也没有回来过。

俄历新年的时候,我们收到了谢尔盖从温哥华寄来的贺卡,上面写满了祝福的话。画面上,是苍苍莽莽的森林,在视野尽头处,有一个身着红色羽绒服的伟岸身影在向远方眺望着,我们三个人异口同声地说,这个人像极了谢尔盖。

谢尔盖现在过得怎么样呢?不知是谁小声嘀咕了一句。

他会怎么样呢?我在想,一个这样的谢尔盖,他当然是过着一种"不同"的生活了。

遵循着心灵的召唤,不刻意,但又不随意,这种生活态度是不是谢尔盖与我们的不同呢?

我想是的。

当 耳 朵 "醒" 来 时　　2007.5.13

　　清晨，楼上的钢琴声照例又叮叮咚咚地响起来，好似一个幼仔在"蹒跚学步"。那琴声一会儿失控般的急奔狂突，一会儿胆怯的蹑脚慎足，一会儿又小心翼翼地跌倒了，哽咽着哭起来……在这样的琴声中，我的耳朵很快地"醒"过来，我仿佛听见我的教授在钢琴对面惊喜地叫着：好美的音乐呀，这个了不起的演奏家是谁啊——教授说这话时，我也正像楼上的"幼仔"一样在钢琴上蹒跚学步。当我的手指在琴键上"跌倒"了，当琴声哽咽着"哭"起来的时候，我的教授就这样对着一脸沮丧的我"惊呼"着。

　　而今，尘世的喧嚣压倒了一切来自心灵的声音，聆听音乐的人越来越寂寞了。我的教授居于莫斯科的一隅，坚韧地用音符敲击着渐渐沉默的生活，让琴韵淙淙穿刺着世俗的重重围裹，世界便成了他心中的一个角落。

教授旅居莫斯科40多年，早已经被他的俄罗斯朋友们称作"我们的维克多"了。去国多年，乡音未改，但玩起冷幽默来，却是一个地地道道的俄国人了。一次，当我以老师呼之时，教授一脸肃正地说：你为什么叫我老师，我至少也应该是个教授了。就这样，他成了我的教授。

教授喜欢自嘲，当然，是那种智慧的自嘲。就像俄罗斯人总喜欢嘲笑自己怎么蠢、怎么笨、怎么酗酒一样，教授喜欢嘲笑自己中文怎么怎么的差。顺便交代一下，教授用中文出版过多部著作，中文绝不会不好。

一次，我和教授一行在一家中国餐馆吃饭。教授点菜，拿过菜单极认真地选菜。只见他抬起头来问服务员：牛鞭是什么？服务员是个极文静的小姑娘，狠狠地看了他一眼，红着脸不作答。他又问：牛鞭是什么做的？小姑娘这次红着脸把头转过来，又狠狠地看了他一眼。我怕他惹恼小姑娘，忙着从他手里拿过菜谱，让他别问了。教授懵了，一头雾水地坐在那里。当他终于弄明白了牛鞭是什么时，立刻摊开双手，一脸无辜地说：我不知道，我真的不知道。样子很委屈，像个孩子。

很长一段时间，这个掌故成了餐桌上的段子，教授总是用充满自嘲的口吻讲起这个笑话。最后，他总是不忘加上一句：我不知道，我真的不知道，我的中文很差。

教授的生活一直是一种热热闹闹的宁静。当笼罩在头上的荣誉光环变幻着华彩时，教授品醇酒、尝琼浆，煞是享受。而当烟云过眼后，他会很快回归到一种淡泊宁静之中。那年，中国国家主席访问莫斯科，教授受俄罗斯联邦政府的邀请前去参加招待晚宴，他是被邀请的唯一一位非政府官员。华人朋友们知道了，个个称羡不已，教授耸耸肩，说：没什么！知道吗？那一天，我是唯一一个走着进克里姆林宫去赴宴的人。他用手比画着一辆辆的高级轿车从他身边驶过的情景，再次玩起了他的冷幽默：我想，我回去的时候有资格叫部车了。

这就是教授的淡泊。他可以坐着地铁跑去为一位华人留学生的论文答辩做翻译，也会跑去为从国内来莫斯科的华人朋友做导游，他该普通的时候比我们每一个人都更普通。我曾经打趣他：这么多耀眼的光环，把别人都照亮了，怎么就照不亮你自己呢？教授听了，狡黠地指着他与众不同的眉毛鼻子说：全都是由它造成的！我听了笑得岔了气。

教授沉浸在音乐灵境中的样子十分特别。他把高高大大的自己稳稳地安置在钢琴前，身体微微前倾，微微低着头，用力地闭着眼睛，状貌极像一头北极熊在打瞌睡。睡着睡着，教授阔大的手好像被什么给惊醒了，十指轮番向琴键深击浅点，轻抹曼拢，完全是一种悠悠荡荡、断断续续的语气，像是在和他的钢琴讨论着什么。舒缓时，是娓娓深情的抚慰；高亢时，是短兵相接的雄辩。就这样，听任时

教授统领着一支很有影响的爱乐交响乐团,由俄罗斯优秀的乐手组成,其中不乏获得"功勋艺术家"称号的音乐家。乐团几乎每年都来中国演出,在莫斯科有"中国乐团"之称。

间在指尖流转着，不知过了多久，琴声慢慢停下来。游丝断尽后，教授慢慢地睁开眼睛，叹息道：好美的音乐呀！

我被教授所感染，从此深深地爱上了音乐。

想起那次和教授一起听音乐的情景……

音乐缓缓地充满了室内的每一个空隙，人被音乐包裹着，好似脱离了凡尘。这是柴可夫斯基的《悲怆》。只见教授一个人偎缩在沙发的一角，用手托住额头，身体成为一个弧形，总之，那是一种竭力想把自己封闭起来的姿势。我想起了萨特的一句话：音乐是需要独自聆听的。我想，此时此刻，教授是在聆听音乐，而且，是独自。

音乐起伏跌宕，轰鸣于耳，音乐中流淌着命运的乖戾与幻灭，人生的荣辱与沉浮。长达几十分钟，教授始终保持着这一姿势一动不动。曲毕，良久，教授缓缓抬头，目光幽幽，无语。

我问：听过多少遍了？

他答：不知道了。

那一刻，我似乎看见了教授的内心：孤高的，孤傲的，孤独的，这样的内心一定和他的音乐一样有着许许多多我们无法明晰的意象，这是教授永远也不想示人的保留。

我想，若有一天，我能从他的音乐中听到他的血流淙淙，心跳咚咚，那我就算懂了音乐，为此，我会让我的耳朵永远"醒"着。

想起教授的时候，我就用手指在琴键上轻轻一按，立刻，柴可夫斯基向我一路奔跑而来……外面，不知是谁家的锅碗瓢盆交错响起，妈妈在呼唤孩子，主人在呵斥小狗，生活的本来面目就这样赫然裸露着，而柴可夫斯基却独独在眷顾着我——是教授把他带到我这里来的。我又听见教授在叹息着：好美的音乐呀！

在这样的音乐中，教授踽踽独行，但心中却一定是胜景天成，美不胜收。时光就在我们的耳边哗啦哗啦地流淌着，教授的心和他的音乐永远年轻着。偶尔，教授会驻足停歇，看定了跟随在他身边的小小的我，温柔一笑。

霎时，我被感动得心头一片潮湿：人生若此，夫复何求？

冷 暖 之 间

走过了一段沟沟坎坎的路程之后,晓眉以为被她日渐冷淡的爱情从此便远离了。看着莫斯科展示给自己的世界草长云飞、花开花落,一种"曾经沧海"的感喟时时漫上心头。直到有一天,一个高大的身影栖居在她心头,给她以甜蜜的惆怅、依恋的忧伤,她才知道,她心中那些原来已锈蚀的日子重新被爱的目光镀了金,在岁月的深谷里闪着幽幽的光芒。

那是一个让晓眉的心境一再丰盈的男人。在一个很平凡的夜晚,已经满怀疲惫的晓眉迫不及待地奔向与他经常碰面的地铁站,为的是见他一面。一路上,晓眉神情恍惚。他的脸、他的手,以及告别后转给自己的那个背影,一直在她的眼前晃动着。曾一度,晓眉以为自己的心被无情的岁月研磨出一层厚厚的老茧,现在,她有些惊喜地发现，在面对他的时候，这颗心还鲜嫩嫩地裸露着。

地铁里，晓眉拨通了他的电话。此刻，他并不知道晓眉会在同他刚刚分手9个小时后又如此急切地想见到他。晓眉甚至想象着他听到自己的声音后有几分惊喜又有几分惊异的神情。晓眉决定在接通电话的一瞬间就不由分说地告诉他，告诉他自己是如此想念他，非常非常的想见他一面，哪怕是短短的几分钟也行。如果见不到他，她将不知道该怎样过完今天。如果他眼下很忙，那么，她可以等，等多长时间都不要紧。想着想着，晓眉的眼睛竟湿润起来。

然而，电话里晓眉听到了一个女性温柔的声音，温柔得将她的耳膜、她的手臂、一直到她的心脏全部都给烫伤了。晓眉慌忙间扔了电话，失魂落魄地奔回地铁，刚刚找到一个角落将自己安置好，无法控制的泪水便奔涌而出。

那个女人是他的妻子，也就是说，他是别人的丈夫。晓眉所坚守的是一份无法圆满的爱情。这份感情从诞生的那一天起，就像一个做错了事的孩子似的独自怯怯地蜷缩在一个角落里，细细地舔舐着那些或甜蜜或苦涩的伤口，独自哀叹着，独自痛楚着，犹豫着不肯往前走，又挣扎着不愿离去。咀嚼着这份脆弱得不能碰触的感情，晓眉自知自己没有能力追究它的过去，更没有能力把握它的未来，而令其惶恐的现在，也会在转瞬之间成过眼云烟。这就是令晓眉魂牵梦绕、刻骨铭心的爱情吗？这就是令晓眉感到又有缺憾又过奢侈的爱情吗？晓眉迟疑着不敢相信。这一切，皆因为她别无选择。

地铁里人来人往，时间在随着不断传来又不断隐去的轰鸣声流淌着。人群之中，大概只有一个痴痴傻傻的晓眉执拗地站在时间之外，不忍舍弃一份没有可能实现的期待。晓眉看不见自己的脸，但她知道，那是一张软弱的、无助的、甚至有些狼狈的脸，是连她自己都不愿看见的可怜的脸。晓眉听见有个声音在问：你的智商呢？你不假思索地陷入这种感情的泥淖，你不后悔吗？

当然，晓眉不后悔。这个世界上只有一个他。上帝让晓眉在最需要他的时候遇见了他。他小心翼翼地呵护着晓眉，一心一意地怜爱着晓眉，一砖一瓦地为晓眉垒砌着情爱的小屋。当纷纷扰扰的生活将他的心腌渍得又苦又涩的时候，他仍然会以一种醇馥的温情来芳菲晓眉落英满地的凄清。晓眉深深地叹了口气，动情地想，把她和他连接在一起的，是前世注定了的一段情缘。只是，此时此刻，那个时常在雨天里为她撑起一方晴朗天空的他在哪里呢？

泪水再次涌了出来，一滴一滴落在发梢上，随即便在晓眉的脚下跌碎了。他喜欢晓眉黑色的头发。几个小时前分别的时候，他曾撩起晓眉的头发，在晓眉的耳鬓间印上了深深的一吻。直到现在，那个吻还暖暖地印在晓眉的心头，给晓眉以支撑自己的热量。晓眉揉着自己酸痛的眼睛，在人群里搜寻他的身影。晓眉固执地认为，她与他的心是没有距离的。当那刻骨的思念让自己的心不断痉挛的时候，同样爱她的他怎么会没有感应呢？或许，或许他此刻也正匆匆赶来这里，来寻觅那些盘根错节地缠绕在这里的属于他们两个人的记忆。想到这里，晓眉忙拭干脸上的泪水。如果他此刻出现在晓眉的面前,他会看到一个平静的晓眉、安详的晓眉,一个除了感情之外对他没有过多乞求的晓眉……

对面墙上的电子屏显示出的时间是23:00,地铁里的人渐渐稀少起来,整个莫斯科都恹恹欲睡了。他终于没有出现,他也不可能出现的,这已经是一个无法更改的事实了。

又一列地铁轰轰隆隆地开走了,晓眉恍恍惚惚地从梦中醒来。长时间站立的双腿已经麻木得失去了知觉,晓眉费了好大的劲才勉勉强强挪动了它们。晓眉在想:他若知道了这一切,他会心疼自己吗?他会体味到自己心里这种越来越空洞的感觉吗?

接下来,便是属于晓眉自己一个人的归程。晓眉觉得有些冷,有些孤独,还有几分胆怯。她不由得用手抱紧了双肩,捕捉着在他的怀抱里那种暖彻肺腑的感觉。晓眉知道,只要她不放弃这份无奈的情感,那么,在以后的日子里,她还将有无数个这样空空的等待,除非,她为自己的心锻打一副金属的外壳。

那个世界末日般的夜晚终于过去了,照常升起来的太阳容光焕发,格外好心情的样子。晓眉冷了一夜的心渐渐有了一丝暖意。突然,晓眉听到了电话声,电话那头是熟悉得不能再熟悉的声音:晓眉,你昨天晚上到哪儿去了?给你打了好多次电话也没人接听,我真的有点着急了!

莫斯科给我的这个秋天

2004.5.22

拨开那些重重叠叠的冗长日子,你和你的秋天在我驻足凝睇的瞬间,赫然凸现于我的面前。

将你定格在秋天里,是因为秋天是我们一起走过的最完整的季节。发现第一片黄叶时,我知道我们之间会有一个美丽的故事;最后一片黄叶飘落时,这个故事的美丽已使我在秋风中萧瑟的内心抽枝吐芽,绿意流转。由此,我再无需任何理由就认定了与你和秋天的缘分。

无法忘记,遇见你,是在一个清凉的飘在风中的黄昏里。那时,秋风恰好停在了你的额头,停在了红红的夕阳的肩上,你默默注视着那片脉络清晰的树叶应声而落,落在了我唱着的那首歌里。你转过身循声望去,才发现,原本一直站在你身后的我,正将散落了的断珠一样的音符轻轻拾起,串成红豆一般的心事。

你认出了我,握住了我的手,惊喜地叫出声来:是你,真的是你呀。你说,你把生命的体验和着秋风秋雨秋霜捻成渴盼许久的良辰美景,只等着我来与你分享,为了等我,你已经在这里站立了许久了。没来得及想什么,我便占据了你肩后虚空着的那个幸福的位置。

我终于有机会走进了你特意为我敞开的世界里:河水淙淙,层林尽染,小桥流水人家处,一座长满青藤的小小蜗居,站成我们的规矩,踞作我们的方圆。远处,那个木板铁索的吊桥边,你用从春天汲来的旋律丰盈我满目的秋色,让被自然覆盖的文明成了长天大地抒发自己的唯一方式,让我的偶然闯入做了对秋天最贴切的注释。此时此刻,我和你的心跳合着同一节律,一飐一飐地拍打着落日。

没来得及说什么,我的记忆霎时吹开一扇尘封的小门,用曾经失去触觉的手指轻轻地摩挲着你输送给我的丝丝暖意,甜蜜得几近心碎,只觉得耳边秋天在轻轻吟唱,长歌如箭,在季节的浓密中穿心而过,射落一地红英。

泊在你给我的林荫里,我回眸眺望来时的路,那一串被荆棘刺破的脚印如血色的花朵粲然开放在暮霭里,那跌跌绊绊的创伤留下的无法平复的印记,让你的脸上漫起一种时代的情绪。从此我知道了,你心里的沉重与激越,正是和我有着同样的出处。就像相隔最

我们的寓所对面就是一片一眼望不到边的树林。那泥土的清新和原木的芳香,在今天的我看来是多么奢侈啊。

远的两棵树必定会含有相同的土壤成分，就像你和我从彼岸到此岸，从此时到彼时，会有不约而同、不谋而合的心绪的重叠。

不知不觉中，你把你的秋天一点一滴地给了我。在异国他乡的天光下，我把它轻轻铺展开来，看上面写满的云起云落的变迁，看那个曾在风中拉琴的少年那飘飞的衣袂。这时，秋雨不停地啼哭，为未知的前世做伴，早谢的花儿在泥土下面等着潇潇雨天的来临。我为你扬起了我风尘满面的脸，沉默着，没有语言。

你笑着看我，甩一甩头说，还是走吧，前面就是通往冬天的路口，那里，有一只流浪的小猫在等我们，这是缘于生命的深刻而独到的礼物，是给你的礼物，不要错过。

于是，我把手伸给你，让衣袖中灌满秋风，让自己成为最后一个因为感动而落泪的女人。

于是，我决定，在最寒冷的那个夜晚与你相守。

牵着自己的手，回家

2004.6.2

从莫斯科列宁大街上的杜阿里斯写字楼里出来，穿过一条飘荡着孤独老人的孤独琴声的地下通道，往前走，穿过一片蔓草丛生的树林，再往前走，路过一个点缀着垂钓者怡然身影的池塘，再往前走二百米，我对自己说：到了，家。

没有任何感觉地、神情恍惚地站着，我手里攥着的钥匙已经感染了我的体温，但我还是无法说服自己走进这扇我随时可以开启的门。于是，我折回头，继续往前走，往"前"走，没有目的的前方。

来到莫斯科以后，这样的情形已经重复好多次了。每重复一次，我都更强烈地感到了灵与肉的游离。一天又一天重复的日子，一天又一天流走的光阴，我试图找到这其中我认为有意义的痕迹，但是，我望酸了一双眼睛，最终仍一无所得。莫名其妙地，我渴望下雨，渴望刮风，渴望在一个未知的去处有一种危险的发现，渴望这个陌生的国度用它深不可测的富藏来充填我与日俱增的空洞。这些渴望日积月累地搅动着我，使我有了一种从未有过的恐惧，我不禁回头打量着自己，半响，我听见自己在问：你是谁？你想要什么？我不知道。我过着和许许多多人一样的生活，打点着许许多多人一样的需要，玩味着和许许多多人一样的遗憾，但我固执地认为，那不是我，真的，那不是我——我把自己给弄丢了。

漫无边际地想着，漫无目的地走着，停下来时，我竟在一片小树林里淋雨。周围很静，只有泥土、青草和比肩而立的白桦树用她们沁人心脾的清新重重包裹着我。我安下心来，与她们默默对视，猛然间有了一种被人关爱的感动。我想象着，在我所立足的这块空地上，为自己搭起一座小木屋，这座小木屋时时刻刻散发着带有松油味的气息。甚至，有摩肩接踵的珍菌和小星星一样的蓝色小花长在小木屋的身上，如童话中的那个鲜蘑菇依附在一棵千年老树的身上。

我恍惚记起，在很久以前，有一个人曾深深叹息着把我揽在他的臂弯里，告诉我他可以给我这样一个家，好让我永远活在童话里，而不被纷纷扰扰的凡俗吵醒，好让我永远遁离媚俗。事实上，他做到了。虽然这个家不是建在森林里，但是，这个家的确为我撑起了一片令我心灵自由往来的空间。只是今天，这个远在万里之外的家，用充满疑惑的目光望着我，想说什么，但欲言又止。或许，这个家想要用她那暖暖的橘黄色的灯光罩住我，无奈，我头也不回地一步一步远离了她。而今天，我只能在这一片静谧的树林里，恍如隔世般地回忆着她那同样憔悴而无助的神情，任自己的心情濡湿一片。

雨还在下，霰雾一般，正是我渴望的那种牛毛细雨。不知不觉，我的头发上已结满了水晶的珠链。一阵风来，清凉但并不凛冽，可我仍不禁打了个寒噤，这风，也是我渴望的风。在这陌生的国度里，我渴望的危险发现与我撞了个满怀。我还想要什么呢？我举目环顾，无人能够回答。

天渐渐黑下来。记得小时候，每当暮色四合仍不见我的影子时，妈妈就会焦急地寻找我，找到了，并不骂我，只是嗔怪一声"野丫头"。如今，这个多愁善感的"野丫头"必须要做好一件最重要的事：牵着自己的手，把自己带回家！

穿过小树林，绕过池塘，一路上，耳畔回响着那个孤独老人的孤独的琴声，我重又回到了那扇门前。到了，家。我轻轻地对自己说。

如果家的意义只是容我栖身的话，那么，眼前的这个家对我来说，足够了。

过街通道里拉琴的老人

2004.8.9

一走进莫斯科列宁大街上的旅游者宾馆与外交公寓之间的地下通道，你便会听到一阵阵悠扬的琴声。从春到夏，从夏到秋，一位永远穿着一套破旧的黑衣服的俄罗斯老人，永远坐在中间靠墙的位置上，永远面无表情地拉着手风琴。他身边的一根粗粗黑黑的拐杖上挂着的那个塑料袋永远敞着口，犹如一双充满期待的眼睛。

地下通道里光线昏暗，阴冷潮湿。老人坐在氤氲迷蒙的背景中，周身散发着一种神秘的、古旧的气息，让人不合时宜地联想起那些泛黄的老照片、有些潮味的深褐色的家具以及那沉沉的日暮时的天空。

老人的琴声如行云流水，流畅而舒缓，纯净而洗练，只是很少有激情澎湃的起伏，好像是在同一个稔熟的老朋友呷着淡淡的茶水

在著名的新阿尔巴特大街上,一个流浪艺人的铜像让我每行至此,都不由自主地为之驻足。

唠着家常，说着年轻时的故事，说着已故的亲人，说着时事的变迁，说着说着，便领着你走进了历史。至于生存的严酷，情感的跌宕，人生的悲喜，都在这从从容容的琴声中渐行渐远，淡淡地隐没于岁月的河床中了。

老人始终是个谜。他有儿女吗？他有亲人吗？他住在哪里，属于他的是怎样的生活呢？没有人知道。

早晨，大约9点钟左右，老人提着重重的木箱，拄着拐杖，从公共汽车上慢慢地走下来，步履蹒跚，十分吃力的样子，但你并不会产生上前去帮他一把的想法。因为在日光下，老人的脸显得坚毅、隐忍，灰色的眼睛里有傲视一切的冷漠。你会敏感地想到，他宁愿自己一步一步地挪动到他的位置上去，也不愿意别人来搅扰他刻意守护着的那种孤独的氛围。

老人每天在地下通道里至少要待上10个小时，他坐在一个冰凉的木凳上，始终保持着拉琴的姿势。也许实在是太累了，偶尔，他也会停下来喘息一会儿，但一有脚步声传来，琴声就会轻轻响起来，慢慢地渗入地下通道的空气里，包裹着你，簇拥着你，滋润着你。如果你将几枚硬币投入到那个塑料袋里，老人不会表现出特别的喜悦；如果你恰好没有零钱而径直走了过去，老人也不会表现出特别的失望。就这样，一切都是淡淡的，而就在这不经意之间，生命的深度、厚度、纯度便淋漓尽致地表现出来了。

不由得常拿这个老人和别处伸着空空的手向路人乞讨的人做比较，感觉着老人的不同。当你把几个卢布放在伸到你面前来的手上时，你会觉得你在施舍；而当你将几个卢布投入木杖上的那个塑料袋里时，你会觉得你慢待了音乐。没有钱的参与时，你会放心地停下脚步来，一边听着音乐，一边感觉生命中潮起潮落、云卷云舒的变迁。有了钱的参与后，你便什么都顾不上了，急着要逃离老人的视线，唯恐这个沉默的老人为你的那几枚硬币而打破这种特有的沉默。

你见过这位老人吗？他那虽饱经风霜却依然棱角分明的脸会给你许许多多你所希望得到的启迪。如果你恰好到列宁大街这边来办事，如果你恰好要穿过这条地下通道，那么，请你给老人一些钱，他比我们更需要钱。但这不是最重要的，最重要的是你一定要细细听老人的音乐，听过之后，你会突然意识到：你一直耿耿于怀的许多事，在忽然之间便可以忽略不计了。

为一只小鸟写点什么

2004.5.12

这是莫斯科暮春的一个晴朗但寒冷的休息日。这一天,我在不该上班的时候去上了班。我一向不喜欢逛商店,可那天我偏偏去逛了商店。就在走出商店门口的那一刻,这个不慎从鸟巢中跌落的、嘴角的鹅黄还未褪尽的小麻雀就伏在商店的台阶上,冲着我啾啾地哀叫着。

她显然是摔伤了,很痛,很恐惧。她可能把我当成了救世主,指望我把她送回家,她的家就在我头顶高高的屋檐下。我心里有一丝绝望,因为我没有能力做到。这时,一只大麻雀在我头顶盘旋着,嘶叫着。那是一种痛楚不堪的母性的哀鸣,一种眼看着自己亲生骨肉横遭不幸而无力救助的悲哀,这叫声里滴着血,唤醒了我心中那蔓生的母性情愫,这个我本可以置之不理的小生命,便让我无论如何也割舍不下。

我把她托在手心里带她回了家。一路上又坐地铁又倒公共汽车的，她就那么软软地依靠着我，时而，她的身体发出的一阵阵战栗顺着我的掌心传导过来，让我在心里对她生出一重又一重的爱怜。

也许是这突如其来的变故把她给吓蒙了，她不动也不叫，只有越来越粗重的呼吸越来越沉地拍打着我。我以为她伤重，就要支持不住了，忙去用手碰了碰她那覆盖着一层茸毛的头，谁知，她竟一下子大大地张开了嘴，停在半空良久，一触到我的手指，便本能地做了几下吞咽的动作，那种强烈的对于生命的渴望令我为之震撼。

那一晚，她就睡在了我的床头。我用浴巾给她做了一个巢，把她放在里面。夜里，我几次醒来，把她弱小的身体握在掌心里，一点一点地温暖着她。到了第二天早晨，她一直闭着的眼睛终于睁开了。

这是一个可爱又生动的小家伙。清晨，窗外的鸟儿鸣叫的时候，她立刻积极地响应着，叽叽喳喳地叫了起来。我探头看她，她那两粒小黑珍珠似的眼睛骨碌碌地转着，好像认识我似的。当确定我对她构不成任何威胁时，冷不丁儿地，她把嘴一下子张开了，毫无顾忌地向我索取食物。她那嘴张得太大了，整个喉腔裸露出来，大得把整个头都盖住了。我没有别的东西喂她，只好给她一些面包渣。谁知，她竟香香甜甜地咽了下去。那一刻，我对平时很少食用的俄罗斯的大列巴充满了感激，一只濒死的小鸟那细若游丝的生命因此而有了继续铺展的可能。

莫斯科郊外小城内一个带马厩的民居,历经百余年仍然安好。

接下来的几天里,我以诚惶诚恐的心情关注着她,人在外面也不能安心,总觉得有一份暖暖的期盼在等待我的回归。我发现,我对于这只小鸟的疼爱竟使我自己都感到意外。我竟傻傻地猜想着她心情可好,是无奈,还是恐惧或抑郁?有没有一点点幸福呢?因为同这个小生命的非常相处,我的心变得好柔软。

最终,她还是死去了。直到她死去的那个早晨,她赖以维生的食物就只有面包渣。她还未来得及在晴天丽日之下展开负载着她全部生命意义的翅膀,她的生命就戛然而止。死去的时候,她的嘴角的鹅黄还未褪尽。

这只小鸟与我共处了4天,这4天里,她是我亲亲的小宝贝。一个生命的失去必然会给人带来伤感,我不相信生命的轮回,因而个体的生命没有替代物,因而她绝对是唯一的,无论她是多么的渺小,都足以让我敬畏,让我珍惜。

"我走得太匆忙,但我来过了。"

这是我为这只小鸟写的墓志铭,太短了,但是够了。

想念病中的母亲

2003.7.6

俄罗斯的冬日,夜半时分,隔壁婴儿的剧烈的啼哭声又在黑暗中炸开,头顶上那薄薄的天棚也似乎因这哭声而疼痛。一位年轻的母亲哄孩子的声音随即响起,咿咿呀呀……有了这种母性的声音的渗入,这个被哭声吵醒的异国的黑夜顿时温柔了起来。

于是,我开始想家,想那个高高的院墙封闭的小小的院落,想我那曾经如隔壁这位俄罗斯母亲一样年轻美丽过的妈妈,想念在等待瘦瘦弱弱的我长大成人的过程中渐渐苍老了的妈妈。

然而,此刻妈妈不在家,想家便失去了它特殊的意义。妈妈和爸爸去了天津,不是去旅游,而是去治病。妈妈已经在"灰色"的世界里闷坐了一年多了。说是"灰色",是因为妈妈的眼睛只剩下了一点点的光感,糖尿病综合征使老人家几近失明。那是一种怎样的生活呢?这个世界如鲜花一般怒放着,桃红柳绿、晴天丽日,可她却在我善良了一生、劳累了一生的妈妈的视线之外;一个个长大成人、安家立业的儿女远远地赶回到这个哺育过他们的小巢里,可他们只能站在白霜染鬓、寂寞孤独的老母的视线之外。上帝啊,这究竟是怎么了?

妈妈不在家,于是,我的思绪又翻山越岭地一路寻到了天津。这个熟悉而又陌生的城市,因为承纳了我的老父老母而被我深恋着,一如我久别的情人。电话里爸爸曾经告诉我,因为妈妈的血糖过高、血压过高,他们找了四家医院,没有一家医院肯收治这个充满焦虑和渴望的病人。天津的仲夏,骄阳似火,暑热溽蒸,我的两鬓斑白、年逾花甲的老父老母互相搀扶着,走在求医的路上,无人照料,无人体恤。面对医院、面对医生,他们的眼里怕是还有几分怯懦和乞求。等车时,也许会因躲闪不及被风驰电掣般的汽车溅上满身的尘土。他们被太阳晒得黝黑的脸上,汗水如浊浑的小溪般奔流着。渴了饿了,也许会因行动不便而能忍则忍。儿女们都远在天边,没有一个人能陪伴在侧,而他们的内心里也许连一丝的责备都没有。甚至,他们会庆幸没有惊动儿女们,他们不愿给儿女添麻烦。能承受的,他们都一一承受,不肯让任何人去分担,包括自己的骨肉。

就这样,我按着被老父老母揉痛的心口,绝望地站在异国他乡的土地上,一遍一遍地品咂着老父老母的孤苦与无助,任我望穿秋水、想断柔肠仍然于事无补。

记得出国之前的那个冬天，我回家看望父母。时值傍晚，室内光线极暗，却没有灯光。走近细看，只见妈妈独自坐在床边，低垂着头。听见有人进来，便机械地动了一下身子，脸上没有一点表情。我叫了一声"妈"，她竟惊得一颤，半晌才向我伸过手来。那只手，瘦得每一根血管都突兀着，有一个刚刚输过液的针眼赫然扑进了我的视线，像一根长长的刺戳进了我的心头。泪水沿着我的面颊流下来，好在，妈妈看不见。我知道，生我养我的老母所需要的东西，如果我给不了她，那么我会抱憾终生的。当时，我对老母郑重承诺：妈妈，我会努力赚钱，只要给我时间，我会治好你的眼睛的。

直至今日，我仍然没有能力兑现我的诺言。但是，我一直在为了这个诺言而努力着。上帝会怜悯我一片反哺之心，让我有机会回报母亲，让我的妈妈能够有机会用明亮的充满母爱的目光，注视着她心爱的女儿满世界地飞来飞去，飞累了，便沿着这目光返回到她的世界里。

即使，我自己也白发苍苍，我仍然会如这个在莫斯科的黑夜里啼哭的婴儿一样，调动所有的精力和体力，只为博得母亲温暖爱抚的目光的留驻，只为。

我在莫斯科食品店购物"奇遇"

2004.8.11

90年代初来莫斯科的中国人,对当时的经济萧条景象的描述大多是从食品店开始的:货架上稀稀拉拉地摆着几样脱销商品的样品,只能看,不能买。店里的气氛和售货员一样无精打采;买面包要排长队,买不着的就不知道该怎样打发自己的肚子了。蔬菜永远是"老四样":卷心菜、土豆、胡萝卜、洋葱……

跨入21世纪,莫斯科商品市场的繁荣程度完全配得上其国际大都市的光荣称号。可以毫不夸张地说,只要是你想买的东西,莫斯科市场上是应有尽有。要是有东西明明摆在那儿,你却就是买不来的话,那怪谁呢?你只能自嘲地对自己说一句:世界上竟有这样的新鲜事!

| 多买？涨价！|

批发和零售有什么区别，恐怕再缺乏营销知识的人也能说出其中的道道儿来，这个全世界都通用的商业规则在莫斯科的一家食品店里被彻底颠覆了。更为有趣的是，这里的俄罗斯女售货员竟然还能说出她的道理。

一天，我和莫斯科一家华人宾馆的工作人员一起去这家食品店里买面包，买得多了一点，100个。女售货员把我们上下打量了一番，说：买这么多？10个卢布一个。

我们一位同胞说：不是8个卢布一个吗？

女售货员答道：卖给别人8卢布，卖给你要10卢布。

这位同胞更加大惑不解：我买得多，应该便宜呀！

谁料女售货员厉声说道：你一下子买走这么多面包，我就没有东西可卖了，如果别人来买，我卖什么？再说，你能一下子买得起这么多面包，一定很有钱，既然你很有钱，就一定要10卢布一个。

一串极富音乐感的俄语从这位胖胖的"妈达姆"嘴中流淌出来，令我们这些在中国当惯了"上帝"的人瞠目结舌，无言以对。

最终的结果是，我们一连走了几家食品店，终于凑够了100个面包，8卢布一个。

| 这么多矿泉水，怎么数得清？！|

一次，我们几十位华人同胞想结伴旅游，需要备齐150瓶矿泉水。我和两位男同事一起出马采购，挺容易的事，结果，怎么也想不到会在一家食品店里碰上一鼻子灰。

事情是这样的：当我们向售货员说明要买150瓶矿泉水时，售货员起初也没表示异议，起身去给我们提货。只见她东找8瓶，西找10瓶，不一会儿，满地摆满了矿泉水。等到确信再也没有矿泉水隐藏在某个角落时，这位售货员开始了一项更艰难的工作：数够150瓶矿泉水。随着数字的增多，售货员的鼻尖开始沁出汗珠，脸上逐渐露出不耐烦的神色。随着不悦之色的渐渐加重，售货员猛地站起身来，忍无可忍地说：不数了，这么多瓶怎么数得清？你们到别处去买吧！

我和同事面面相觑，无法相信自己的耳朵，我们同时问对方：她说什么？

女售货员对着我俩满脸的狐疑坚定不移地说：不卖了！数不清！

我对同事说：天哪，这样的店恐怕全世界只此一家。

同事的嘴里急忙发出噗、噗、噗的声音,这是俄罗斯人在说了过头话后的化解办法。他说:下这个结论太早了,千万别招来报应,再碰到这样一家店咱们这一班人马就得渴死。

| 别买了,这黄瓜有点苦 |

中国有句俗话:叫作王婆卖瓜,自卖自夸。可是,俄罗斯食品店里的售货员绝不是王婆,他们不但不自夸,而且还不要你随便夸,不信,听一听下面这个故事:

那天,食品店的店门刚开,我就进去买东西。售货员说:再等三分钟,还没到工作时间呢!

我说:我的钱是正好的,不用找零。

售货员说:那也不行,等三分钟!

于是,我站在柜台外,售货员站在柜台里,一起静静地等了三分钟。

三分钟后,我告诉售货员要买黄瓜,谁知,售货员朱唇轻启说:别买,这黄瓜是苦的。

我问了一句:苦的,可以吃吗?

售货员说：可以吃，但是苦！

我说：这黄瓜看起来倒是挺好的嘛。

售货员仍在坚持，说：看起来好，但吃起来苦！

于是，我空着手出了食品店，心情却是格外的好，我佩服自己有耐心等那三分钟，才有机会遇到这等新鲜事。

这几件事发生在公元2003年春天至2004年夏天，均为本人亲历实录。必须说明的是，俄罗斯人已经越来越会做生意了，以上事件纯系偶然之得，此乃可遇而不可求也。

一个在伏尔加格勒种菜的中国人

2006.7.5

李东民曾经在莫斯科做了将近五年的服装生意。随着俄罗斯市场情况的变化,经营服装的生意风险越来越大,利润越来越小,市场前景越来越无法把握。大约连续两年的时间,李东民几乎没赚到钱。当意识到自己的生意应该转向的时候,他听从了一位东北老乡的建议,来到伏尔加格勒。这里蔬菜奇缺,土质肥沃,气候条件良好,当地居民和气友善,是个适合于留居的好地方。于是,李东民在这里安营扎寨,开始尝试着种起了白菜土豆。

李东民大约有四十多岁,黑红脸膛,粗壮身量,典型的一个东北大汉。初到伏尔加格勒时,李东民整天到郊外转来转去,转到心中有数的时候,他雇了一个翻译,去有关部门跑文件,办手续,同时,他的一直在莫斯科等候消息的妻子开始着手做一些必要的准备。

等万事俱备时，妻子便如东风一样吹来伏尔加格勒，男耕女织的田园生活在远离祖国的俄罗斯大地上开始了。虽没有浪漫和诗意，但因为它幻映着十分美好的经济远景，对于李东民一家来说，仍然具有极大的吸引力。

中国人天生勤劳又聪明，做生意的李东民敢来伏尔加格勒种菜，就自然会有他的招法。

他在当地雇用了两个俄罗斯农民帮助他种地，除解决了技术问题之外，还有一个最大的好处，就是帮助他与当地人沟通联络。这两个俄罗斯农民在此之前常年赋闲在家，生活无着，他们为李东民打工后每天可以有几百卢布的收入，比照当地的消费水平来讲，这笔收入还算可观。李东民还专门为这两位俄罗斯农工盖了房子，每天供他们吃三顿饭，抽烟喝酒的钱先由李老板垫付，等到月底开支时再从工资里扣除。

李东民的妻子不下地干活，但她是"大内总管"，负责打点丈夫和农工们的一日三餐、衣食住行。第一年，因为冬天不具备冷藏条件，他们只种时令蔬菜，品种只有白菜和土豆，当年收获，就地销售。

有了第一年的铺垫，李东民的胆子渐渐地大了起来。在以后的几年里，他们的种植面积先是由最初的一垧地慢慢扩大到四垧，种植方式由原来的清一色露天种植转到大棚育苗、地膜覆盖。化肥等农用物资在当地购买起来十分方便,所种植的蔬菜均为适合当地气候条件的品种,加之这里年年风调雨顺,极少天灾,李东民家的蔬菜产量一年比一年高,连续三年获得了大丰收。

李东民的妻子谈起二度创业的艰难,不由得感慨万端。她说,刚开始的时候,蔬菜产量越大,他们的忧虑就越多。蔬菜销售问题成了他们面临的最大的困难。新鲜的蔬菜收获后堆积如山,只是其中的一部分能及时卖出去,剩下的蔬菜一天天地打蔫,过不了几天就开始腐烂。眼看着辛辛苦苦种植的蔬菜烂成菜泥,李东民心急如焚,吃不下,睡不着。但是,李东民毕竟是有备而来的,头脑机灵又深谙经营之道的他终于找到了解决办法——把蔬菜卖到莫斯科去。

李东民是个雷厉风行的人,他说干就干,随即租车搞起了长途贩运,目标直指莫斯科的中餐厅——不用说,中国人还是愿意和中国人做生意。一来二去,莫斯科的中餐馆都知道有这么一位来自吉林的东北大汉带着他娇小能干的妻子从外地来莫斯科卖菜。他们带来的蔬菜质量好、价格低,深受中餐厅的欢迎。间或碰到以前的熟人问起李东民在伏尔加格勒种菜的收入时,精明强干的女当家抢先笑着回答:怎样?反正比在莫斯科卖服装要强得多。

李东民的妻子说,现在,在伏尔加格勒种菜的中国人大约有400多人,大多以家庭为单位,实行家庭式经营。其中,以吉林人为最多,生产经营情况大都不错。这其中,有一些和李东民一样,是原来在俄罗斯其他城市做服装生意,后因经营不顺而转向的。目前,这些中国人和当地居民相处良好，很少发生直接冲突。中国农民种植的蔬菜极大地繁荣了当地的市场，方便了俄罗斯居民的生活。此外，还相对缓解了当地俄罗斯人的就业问题，因而深受当地居民的欢迎。当地的税收政策也是中国人所能够接受的。所以，在这里种菜的中国人眼下还在做着长期经营的打算。

目前，伏尔加格勒的中国人蔬菜种植群体已经越来越成气候了，其中最大的一个专营蔬菜种植的企业有员工数百人，实行的是规范管理、科学种植，种植的蔬菜品种非常丰富：有香瓜、辣椒、西红柿、茄子、白菜、土豆、洋葱等。他们拥有自己的大型运输专用车，实现产供销一体化经营，是现在伏尔加格勒的种植大户，效益和影响都是最大的。

9月下旬，李东民的妻子又亲自押车到莫斯科来卖菜。来一趟不容易，这一次她运来了10吨蔬菜。在莫斯科待到第七天时，菜已卖掉了三分之二。李东民的妻子说，今年的情况比去年要好得多。也许今年一家人能够回国看看了——他们已经三年没有回国了。

在莫斯科"练摊儿"

2003.6.2

刘勇的家至今仍在天津的北辰区,那是真正意义上的家:一切现代家居所必备的设施一应俱全,其舒适的程度可以让生命中的每一天都"心花怒放"。然而,38 岁的刘勇只能在梦里享受他的人生了。在万里之外的莫斯科,刘勇把自己那疲惫不堪的躯体和灵魂安置在一间他花 800 美元的月租费租下的仅有十来平方的斗室中。房间里,一张桌子,一把椅子,一张硬板床,仅此而已。而据刘勇讲,这是他闯荡俄罗斯以来最奢华的住所了。

刘勇是喝着海河水长大的。1992 年,他随着那些肩扛手提地倒包的"倒爷儿"们涌入俄罗斯。他先到海参崴,后到伊尔库斯克,最后才落脚于莫斯科。在十几年的颠沛流离中,这位并不贪恋都市繁华的年轻人除了"愧对"自己的血肉之躯外,如愿以偿地取得了人生阅历及财富积累的"双赢"。

刘勇做的是服装生意,在莫斯科的集装箱市场,有他的一个半箱位。这里的箱是指货物集装箱。无论严冬酷暑,凌晨五点半,他必须从床上爬起来,和同住一栋公寓楼的另外两名华商一起打车到市场去。在曙色初露之际,来自独联体各国及俄罗斯其他城市的大型货车在停车场内一字排开延绵数百米,将这个长达十余里的大市场搅得沸沸扬扬。推推搡搡的忙乱之中,刘勇的大宗生意在10点左右就进行完毕。

一天之计在于晨啊!

由于急着赶时间,刘勇的早餐一般在出租车上的半梦半醒之间就吞咽下去。一盒奶,一块面包,几片香肠,的的确确的食不甘味。日复一日,他那倍受折磨的胃就屈服了。像刘勇这样身家千万的商人在国内无论如何也算个"款"了,香车豪宅、锦衣玉食自不待言,而刘勇则粗茶布衣,平常得就像刚下夜班的工人。只有当像陀螺般疯转的售货时段过去之后,刘勇作为一个正常人的正常愿望才复苏了。

通常,在货卖得不错,心情也不错的前提下,刘勇会在下班的路上买些吃食款待自己或干脆到市场内的中餐馆撮一顿,尽管一碗面合68元人民币,一碗水饺要合120元人民币,一盘麻辣豆腐要150元人民币。当然,最让刘勇高兴的是三五好友一起小聚。刘勇有一手好厨艺,即使在乱糟糟的公共厨房,他也能做出一桌色香味俱全的佳肴来。朋友们吃得高兴时会夸他几句，他也借机吹吹牛。当然，有女性在场时他会多喝几杯。其实，不仅仅是刘勇，大多数生活在莫斯科的中国人，都把快乐简化到如此地步了。

对刘勇来说，生活的艰苦并不可怕，可怕的是在外国做"外国人"的感觉。许许多多在国内无法想象的事随时等他去面对，甚至是人格的摧残。他被警察抓过，被流氓打过，种种遭遇，只因他是外国人。去年，莫斯科当局强力部门联合进行市场的清理整顿，由于存在于华商中的运输清关等共性问题，刘勇的一批货物被查没，直接损失达51万美元之多。这样的遭遇也是华商共同的遭遇。也有许多华商无法承受如此打击而愤然回国，而刘勇毅然留了下来。他不走，他要坚持到莫斯科市场规范化的那一天，他不能在过程中被淘汰，他想争取更好的结果。

问刘勇闯荡异国他乡经商的感受，他说，没什么，我充其量是在给自己打工，也就是换个地方"练摊儿"而已；问他何时回国，他说，等挣够了能在家乡办一所音乐学校的钱吧，我崇尚俄国的音乐教育。再问别的，刘勇便笑而不答。

也对，风风雨雨十余载的苦乐年华，岂能是几句话可以概括的？！

故 园 之 恋

你是我
寒夜里用来取暖的思念

你是我
叨念得发烫了的名字

你是我
如藤萝一样疯长的渴盼

你是我
在转身离去时被岁月风干
依稀可辨的泪痕

你是我
薄如蝉翼的未来
因被护在掌心才未被命运洞穿

你是我
随呼吸一起发作的忧伤
绞结在那个开着兰花的窗口
岁岁年年不曾离散

写给远行的天明导演

我觉得，一个人永远也无法真正进入他人的内心。对于天明导演，却有一种方式可以做得到，那就是潜下心来，安安静静地看他的电影。看他的电影时，我总觉得，他的心灵世界是完完全全地袒露着的。看完了电影之后，我突然意识到，作为曾引领一个时代的导演，他已被符号化、象征化，这大概是他避之不及的宿命，尤其当人们将其定位于"第五代导演的精神之父"或"教父"的时候。

初识天明导演，是在一次聚会上，当时，我与他坐在同一桌，席间只有很简单的交谈，但是简单到他每说一句话都风趣得让我忍俊不禁。聚会结束时，大家都忙不迭地交换名片，我俩都没有，他就用纸条写了他的联络方式递给我说：给你，我的"名片"！他很亲切很温和地微笑着，完全不是一个大艺术家的派头，倒和我在农村小学当了一辈子教书匠的老舅有几分神似。我接过他递过来的"名片"时说了句谢谢您,他爽快地一笑说,谢什么,谢我给你写的这个"名片"吗?那我还要谢你愿意接着它呢。

我感到一丝意外,因为我从这位大艺术家的身上,瞥见了一丝孩童般的率真,那是一份被时光反复打磨过的人生中幸存下来的生命的本真,是一份没被世俗蒙垢的赤子情怀。就像年深日久的被岁月渐渐氧化锈蚀的门环,在被时光之手千千万万次地碰触磨砺后,发出的那种浅浅幽幽的光亮,在不经意间就照亮了走近他身边的人。

记得有一天,突然接到天明导演的电话,他说,我得先表扬你一下,你是目前我认识的人中,极少数的能够优雅地写作的人。然后我还要批评批评你,你的博客快有一年没更新了,大概不是忙,是懒!我连忙接受批评,承认自己确实是懒。电话那面的天明导演说,我要是你,我就会不停地写,绝不浪费自己的才华。受到了天明导演的鼓励,此后的我还真是勤奋了不少。

后来看了天明导演的多部电影,《老井》《人生》《变脸》《没有航标的河流》,还有那本文集《梦的脚印》,渐渐地明白了在他嬉笑怒骂的陕西方言后面,隐忍着的是怎样一份艺术情怀,明白了他为电影丧失了最不可或缺的纯粹和真诚而深深焦虑,明白了他因无法容忍真正的电影艺术被世俗的浮夸碾压得面目全非而选择了戮力坚守。所以,当我看到他在电视屏幕中对着镜头,对目前中国电影"娱乐至死"的怪现状当头棒喝的时候,我知道,此时的他,似

为斗牛,面对那片不停舞动的红布,不做他想,只管愤怒地冲过去。

时间久了,与天明导演有过更多的交流,我觉得我在慢慢地接近他的内心。那是一个被他刻意封存起来的世界,无论周遭怎样的一片混沌、一片嘈杂,他只管在那个清净的地方,一针一线地为他的观众绣花。在他生命的倒计时中,他绣出了他的《百鸟朝凤》,这部电影为他赢得了国内外多个奖项,也为他的艺术追求做出了最精当的诠释,我几乎将其看作是天明导演的精神自传。记得当时天明导演问我对这部影片的观后感时,我真心地说,电影的故事感动了我,但更加感动我的,是镜头后面的那个呕心沥血的导演。他听了这话毫不掩饰内心的高兴,直喊说:丫头,我得奖励你一顿大餐!

我知道，这幅他最后为我们铺展开来的生命画卷，在感动他的观众之前，一定是最先感动了他自己。

记得一次谈话中，我问他：在艺术理想和市场现实之间，有没有一条中间道路可走？这条路，会不会容易些？

他说，想容易会很容易，什么都不做就是最容易的。我无言以对。他肯定知道，现实的格局难以打破，应该会有一个暧昧模糊的中间地带可以让自己过渡，他只是不愿妥协，就是不愿找一条中线让自己稳稳地踩着。他要旗帜鲜明地鼓与呼，他要的是他的声响穿透笼罩在电影视界上的那层云翳，为他所钟爱的艺术投进一束亮光。我猜想，他明知他目前的坚守与对抗，无异于是在玩一场堂吉诃德大战风车的游戏，但他愿意奉陪到底，直到筋疲力尽，轰然倒地。

我常常在想，他的内心该是多么孤独。他就这样一个人单打独斗，鲜有同行者，没有人陪他，也没有人陪得了他，自然而然的，孤独成了他的宿命。就像电视画面中常常出现的那头孤独的北极熊，面对脚下那片日益缩小的冰面，无奈又绝望地发出一声撕天长吼，然后他独自跳进一片汪洋里，用陕西话对自己说了句：你怕个甚！然后拼尽全力向前游去。周围一块块破碎的坚冰向他俯冲而来，他满身伤痕，但他不管，他只管游去。他不知道下一块坚实的冰面在哪里，但他相信一定有这样的一块冰面。

就这样，直到生命谢幕的那一刻，他还在为他的电影奋力地游着。

我没有像承诺天明导演的那样，一直写，一直写，但我确实想为他写点什么，只是始终也写不出一篇沉痛悼念他的文字，因为在我的内心里，他一直都在，从未远离。

倒是天明导演离去前不久，为我的新书留下了一段文字，后来这段文字印在了书的封底上。他写道，一个安静的干净的作者，用唯美的文字，书写着提纯了的生活……我一直视这样的评语是我得到的最高褒奖。想念天明导演的时候，我会捧着书看，渐渐的，这段文字变成一个个成活了的精灵，我们的对话便随即展开了……

我问：至此，您最为自己骄傲的是什么呢？

他答：我都七十多岁了，还活得好好的。

我问：那最让您感到遗憾的是什么呢？

他答：我还没有好好活，就已经七十多岁了。

……

在这样的对话中，天明导演明亮地微笑着，回转人间。

路过我的秋天的你

2002.11.5

深秋的某一天是我临世的日子,其时,该有无边的落木萧萧落下,覆盖我体肤的清冷。人非草木,不会望秋而陨,但季节的寒凉已深深地及于内心,对秋天便自然而然地多了一份体悟。

因而,我选择深秋的最后一天出行,没有明确的意向,只觉得冥冥之中有一个声音在呼唤我。这声音穿越千山万水,在一个宁静的夜晚,沿着细若游丝的轨道抵达于我的内心,牵引着我的脚步不远千里地赶赴秋色。我在秋天的阳光里将生命一幅一幅地展开,与自然中的一沙一石一草一木一起领会造物主衍生万物的初衷,听山林飒飒临风的声响如聆禅语,等待着在这一刻去同长天大地会合,去同陌生的自己会合,当然,也是为了同你会合。

在这个秋日融融的午后,走在铺满落叶的林荫小径上,我的心中充满了对生活的感激。

确切地说,你正如我期待的那样从深深的秋色中走来,远远地、缓缓地,像是来自时光的那一端。我们踞坐在安静的一隅,搜寻着同一片风景。那片风景凝止在我们视野的尽头,像无限遥远又寂寞的心事。为了配合特殊的背景,你倾诉着你,我倾听着你。在此之前,我从不知道一个人会有如此深切的忧伤。当我把你的忧伤置于我的掌心,只那么轻轻地一瞥,我便从那折射开来的玲珑剔透的荧光里望见了自己的内心。

翦翦轻寒之中,我们默默相对,那片风景被我们望成了一个被放逐的朋友;那些风干了的岁月,那些风尘蒙面的感觉已经幻化成一段明丽的灵光,足以穿透沉沉的迷障,在心中割倒一片丛生的荆棘。

你说,你始终被那种神秘而又神奇的力量牵引着,重重叠叠的脚印扬弃的尘烟已迷蒙了你曾经敞敞亮亮的心廓,而心中的目标仍是远山中的红叶,清晰可辨而又是那么遥不可及。生命的无奈如风涌来,吹干了你满身满脸的咸涩,只有你能分得清那是汗水还是泪水。

可你会继续前行的,我知道。也许不再为了红叶,而仅仅是为了追逐那些许亮色。

只有一点我们笃信不疑:不论我们的心灵怎样一次次地遗失了栖居地,漂泊年年,这个秋天是唯一的,这个秋天里的故事也是唯一的,就像叶子上的脉络不会重复,就像头上的秋阳不会以唯一的角度照着这片叶子。若有一丝苦涩而陌生的滋味漫过我们的心头,那也是为了回馈这个秋天而做的唯一抒发。

以为你会用双臂围成一个我永远走不出的圆圈,你没有那么做,不知你会不会后悔。

我因而酷肖匆匆而逝的秋风,别离是注定的运数。在古都的黄昏里,我手攥一把入骨的秋寒,看你的背影隐没于重重暮霭里,却无力扬起沉沉的手臂,心里默想:我只差一步就走近你了。

流 浪 的 星 星

伯伯带我出门的那个拂晓,我家屋顶上有颗星星在不停地闪烁。我问,伯伯我要去的地方有星星吗?伯伯说,有。梅你无论去哪里这颗星星都会陪着你。于是,我把少小离家的悲伤咽进肚子里,跟着伯伯牵着星星走了。

我的乳名叫梅。伯伯是我爸爸的亲哥。

其实,该和伯伯一起走的是长我两岁的姐姐。伯伯没有孩子,而我家有好几个孩子,伯伯前后千里迢迢地来了两趟,他选中了二姐,没过多久就迁走了二姐的户口,还给二姐改了一个新名字,一切安排妥当后,便急急忙忙地赶来接二姐。

可是,二姐变卦了。

二姐从确定了启程的日期起就开始哭,不吃不喝,只是哭。嗓子哭哑了,眼睛哭肿了,最后就躺在床上起不来了。而伯伯高大的身躯一下子矮了许多,在二姐不停哭闹的两天里,他一声不吭地坐在椅子上抽烟,然后很剧烈地咳嗽着。

一天晚饭后,我走到伯伯面前,说,别让我二姐哭了,我跟你去。

全家人愕然一怔。

我那时8岁,黑黑瘦瘦的像个土豆,我穿了本来给姐姐做的肥肥大大的新衣服,顶替了二姐的户口虚长了两岁,我在我家院子里和那个亮晶晶的星星告别,我没有哭。

路过河北时,在我的一再请求下,伯伯带我去看望住在沧州的姥姥。我从小到大还没见过姥姥的面。姥姥一见到我,就用双手捧着我的脸,眼里的泪水滴到了我的脸上。姥姥啧啧啧地咂着舌头,说:看看,看看,看这孩子瘦的,满脸就剩下两只眼睛了,她伯伯,你把孩子放我这儿半年,我把她养得白白胖胖的你再接走。

我很乖,很听话,便留下来给姥姥当拐杖,等着姥姥一袋一袋地抽旱烟时给我讲孟姜女哭长城的故事,等姥姥做饭时帮她拉风箱。我渐渐长大了,知道在想家的时候悄悄地去找屋顶上的那颗星星说话。

一天，天津的大表哥从天而降，他用手拍着我的后脑勺说：你这个小东西，你就是梅呀，我妈一听说你在这儿，就立马让我来接你。我好不容易歇个星期天，想等几天再来，我妈就骂我，再不来，她非把我骂死不可。

他妈是我唯一的姑姑。

我很好奇，我愿意去我所有没去过的地方，姥姥的眼睛哭得红红的，我还是硬着心肠跟着大表哥走了。路上忽然觉得佝偻着腰送我的姥姥好可怜，心里后悔得掉了眼泪。

来到天津，姑姑给我报了临时户口，我就跟着小表哥在西北角小学插班就读。半年下来，我就可以讲一口地道的天津话。每天中午，我和小表哥一起吃着从家里带来的盒饭，吃完饭，小表哥帮我把散掉的小辫子揪起来，一边帮我擦手擦脸一边数落我，说，梅你真是个麻烦鬼。

我的确是个麻烦鬼，因为他做不好这些姑姑会骂他。

我时常会央求小表哥帮我找那颗星星，小表哥就哄我说，星星在那儿呢，丢不了。

姑姑问我，梅你喜欢天津吗？我说，我喜欢天津，我更喜欢姑姑和哥哥。姑姑说，喜欢就好，喜欢你就别走了，姑姑这一辈子养了三个儿子,还就缺你这么个女儿。

只是,走不走由不得我。因为伯伯来了。

我突然很想家,不想跟着伯伯走了。我说,姑姑你不要我我就回家去,我自己也有家。姑姑说,梅你听我说,你伯伯没有孩子,他就想要个孩子,梅你那么乖那么懂事,你不去伯伯会伤心的。梅你跟着伯伯比跟着你爸爸享福,你想要什么就有什么,梅你听姑姑的没错。

我只好乖乖地跟着伯伯走。我说,姑姑我不想享福,我只是不想让你着急,我听你的。

可我就是想哭,我的眼泪一直淌到了临行的饭碗里。

就这样,我跟伯伯坐火车穿越了36个隧道来到了太行山脚下的一座小城。伯伯说,梅你想要什么尽管说。我说,我什么也不要,我就想看看那颗星星,那颗星星原本是亮在我家屋顶上的。

生命的断桥，
我避之不及

2007.6.18

暮春的最后一天，命运的斧凿在我眼前劈开了一个巨大的空洞，妈妈从这个空洞中静悄悄地离去了，一个人，孤零零地，带着对这个世界的无限眷恋，去了。地球还在悠悠转动着，清风朗月，蓝天白云依旧还在，只可惜，妈妈再也看不到了。公元2007年，妈妈仅仅带走了春天。而被妈妈遗弃的夏天，秋天，冬天，剩下的就只有痛，丝丝缕缕，无休无止的痛。

最后一次见到妈妈是在那个"410"病房里。妈妈躺在那个临窗的病床上，手上脚上都挂着点滴瓶子，苍白，瘦得皮包骨头，眼睛已经完全看不见了，可是，她的身体还是热的。难受的时候，她还会喊痛，叫她，她还知道答应。喂她吃饭，她还会早早地张开嘴等着。那一刻，我心疼得真恨不能让自己替她受了这份罪。

那一次，我总共守在妈妈身边不到20个小时。其间，妈妈大多时候是醒着的。尽管什么都看不见，眼睛还睁得大大的，一声不响地躺着。实在忍受不了了，她才会轻轻地蠕动着身体，仿佛是怕惊动了我似的。我过去摸她的手，她会反过来把我握得紧紧的。我讲我养的两只小猫的故事给她听，她的完全失去功能的眼睛里竟然泛起了笑意，妈妈也是个爱猫的人。我说家里的琐事，她也听得津津有味的。如果我停下来什么也不说，她就把头微微侧向我，等着，只有当我再开口说话时，她才会找个舒服的姿势躺好，一副安下心来的样子。

可是，她自己却很少开口。想来想去，我只能记起她和我说过的成句的话只是这几句：怎么我的病还不好？我用的是特效药吗？不治了，我们回家吧。你什么时候回去呀……妈妈是坚忍的人，想必这些问题对她形成了极大困扰，想必是她自己因面临危境而预感来日无多，正在经受着前所未有的恐慌，她的内心注满了怎样的绝望与孤独。其实，我是知道的，母女连心，我感同身受。

我放不下手头的工作，还是狠心地离开她。临别的时候，我不敢看妈妈的脸，故作轻松地和她道了别，三步两步夺门而出。当双脚跨出门口后我终于忍不住回头，我从门缝里看到了妈妈很长时间没有表情的脸突然扭曲变形，她慢慢拉起被子，把自己的头蒙住。我的腿像灌了铅一样，钉在那里无法动弹，一时间，我泪如雨下，我听到了自己的心噼啪噼啪裂开的声音。我重又跑回去，哄她，安慰她，告诉她我下个双休日还回来看她，她止住了悲伤，认真地听着，

故园之恋 / 179

想了想终于相信了我,嘱我路上小心,放心地让我去了。

谁知,这一别竟然是永诀。当我再次见到妈妈时,她已经变成了一方冰冷的墓碑。唤她,她再也不会应声了。我绝望地在她的墓前为她烧纸钱,体会着什么叫肝肠寸断、痛不欲生。我好后悔,我竟有那么多能为她做而没有做的事,现在,一切都迟了。想到我丢下体弱多病的妈妈千里万里地远行,不知道天天她吃得好不好,不知道她又为什么事伤心了,不知道她摆在床头的康乃馨枯萎后有谁会为她续上新枝,不知道她一个人走向生命的尽头时是怎样的孤独、恐惧和不甘……

妈妈离世的那一刻我没能守在她的床前,这将是我毕生的遗憾。把妈妈一个人丢在墓地回家的路上,我突然不知道这个世界上还有哪一个处所可以算是我的家。我不知道我是怎样回到这座叫作北京的城市,只记得我一个人在小区前那条没有人的甬道上走来走去,不知该去向哪里。走累了,就靠着一棵树坐下来,天黑了,也浑然不知。一天没吃东西,竟一点都不觉得饿。手机响了,一次都没有听清对方在讲什么。脑海里,全是妈妈病床前挂着的大大小小的白色瓶子,一滴一滴的,把我的心都滴穿了。

我的妈妈是千千万万的妈妈中一位普通得不能再普通的妈妈,她没有什么可歌可泣的事迹,只因为她生了我,养了我,所以我惜她、爱她、敬她,她给我买的一个书包,为我缝的一粒纽扣都足以让我一生感恩。如今,这个世界上被我贴心贴肺地叫作妈妈的人去了,我只觉得我生命的源头陡然断流，原来浅唱低吟的河道中，如今只剩呜咽不止。好长一段时间，我不知道自己该做什么，想做什么。走在路上也好，吃着饭也好，抑或是做着手边的工作也好，眼泪会随时随地簌簌落下，那种挥之不去的彻骨的孤独，让我仿佛置身于一座不期而遇的断桥，任我耗尽心智耗干时日依然无法跨越。以往，每当我累了伤心了的时候，总是情不自禁地想回去看看妈妈，只要有妈妈在，我的身后就总有一面用目光挺起的墙，可供我依靠、喘息。可是现在，我不知道这个世界上还有什么是专门为我守候在那里的。我只能抬头搜寻天空，期望和妈妈的目光相遇。我相信离开的妈妈就在天上，我对她撕心裂肺般的思念她定能感知，或许，我只能借此而心安。

但愿妈妈独自在那边过得好，过得快乐，天堂里没有了尘世的纷扰，妈妈定能回复到我记忆深处那个鲜亮温润、目若辰星的模样。我在临窗的花瓶里续插着一束束白菊，祈望妈妈能循花香来到我的梦里，在我午夜梦回时能与我相拥。但愿妈妈能早日转世为人，但愿重返人间的妈妈与我相遇时，我还能将她认出，我还能再有机会好好地待她。

但愿！

岁 月 的 回 声

2001.9.5

回忆最容易发生在夜里。在漆黑的心幕上泛起的密密匝匝的星点幻映成一个真切的影像时,伯父便会站在黑暗中的某个高处,犹如挂在我心壁上的一颗永远不干的泪珠,总是倏然坠下,击穿那些已被岁月氧化了的梦。

我与伯父一起生活了近 10 年的光景。我成长的足迹不可避免地叠印在伯父那深深浅浅的脚窝里。十年来,他辐射给我的阴影和投注给我的光亮,让那些永不复返的日子每经轻轻一触,便会疼痛不止。

伯父是家中的长子。在我祖辈栖居的那个中原小镇,伯父可谓是整个家族的焦点与痛点。年轻时的伯父一直在和整个家族对抗。从一开始,伯父便无意承续祖上那面朝黄土背朝天的劳作方式,在他以为可以顶门立户时,便将祖父苦苦经营一生的相当数量的田产暗中变卖,然后独闯天津卫经商。一年之后,血本蚀尽。伯父自觉无颜见家乡父老而从此浪迹天涯。祖父对土地惜之若命,在沉默了许久后一病不起。值得庆幸的是,土地改革划分成分时,我家因家产荡尽而侥幸入"贫下中农"之列。到此,在外流浪数载的伯父才敢低腰敛手、怯声怯气地回了家。

伯父是在流浪途中加入了抗美援朝的队伍的。据伯父讲,他的那几枚军功章极少有"血"的代价,到整个战争结束时,伯父也只被弹片擦伤了左脚的皮,用伯父自己的话说,是"连疼都没疼"。相形之下,春闺寂寞的伯母那漫长的等待倒是更为沉重。伯父从部队转业到山西时,在伯母的去与留问题上很费思量。云游惯了的伯父对家的概念极其淡漠,婚姻于他已是一种恼人的羁绊。伯父膝下无子,在我之前,伯父先后过继过二伯父的二儿一女,其结果是他们长大成人后纷纷离去。在我进入伯父的生活时,他对我的第一句训诫便是不要学那几个"不肖之子"。侥幸的是,那时的伯父已近"知天命"之年,性格中的锐利已经被时光磨钝了许多,况有领养的前车之鉴,我还不至于活在水深火热之中。

那时,伯父已有了一个不大不小的职位,且不久后又提升。所谓官升脾气长,大受其累的是可怜的伯母。伯母本是精明又厉害的女人,在随伯父来山西定居之前,曾做过多年的妇女干部,凡事也不肯轻易退让,于是争吵就成了生活的要素。每当伯父为芝麻绿豆的小事咆哮得要将玻璃震碎时,伯母就会毫不犹豫地将音高调到100

分贝以上。而总是当他们吵到只剩下最后一口力气时，才会想起另一个紧紧关闭着房门的小屋还有我这样一个活物。而大多数争吵的结束语是"要不是为了这个孩子……"，我也确信我是维系这桩惨淡婚姻的最后一个筹码了。

平心而论，伯父确实给了我衣食无忧的生活。收入不错的伯父对我示爱的唯一方式就是毫不犹豫地满足我的一切物质要求。而担心老境凄凉的伯母也将我视如己出，疼爱有加。年幼的心是很容易满足的。不期这一点可怜的满足最终被沉沉地击碎。那是一次我生病在家，同学们前来探视，与伯父伯母的"阵地战"不幸遭遇。同学们那惊恐万状的表情让我恨透了这个铮亮的地面上竟没有一道裂缝。从那时起，我找到了自我保护的唯一方法，就是将他们的喜怒哀乐提炼得与我毫不相干。我学会了缄默，学会望着他们上下翕动的嘴唇而让敏感怕痛的心稳稳地睡下。我甚至对他们心生怜悯。他们是如此尽其所能地饰演着各自的人生角色，大大突破了他们原先设计的情节，如此心力交瘁又是如此乐此不疲，当淋漓的汗水把他们刻意描成的脸谱弄得水土混杂面目全非时，我在最近的距离看清了他们生命中的尴尬。伯父是否知道一个孩子的心在他的视野之内受到重创呢？而性情的扭曲更是穷尽一生也无法复原的。

写到这里，我只觉得脊背上盯满伯父冷郁的目光，我自知自己也该列入"不肖之子"之列。伯父的血液毕竟与我生命的源头同属于一段流程，他一生的是非曲直是轮不到我去饶舌的，我想做的是尽可能客观地将伯父的生命历程铺展开来，搜寻伯父的内心沉浮对于我人生的启示。

伯父一生坎坷,这是由他的性格铸成的。我相信在抗美援朝的战场上,伯父定会是一个冒着枪林弹雨端着冲锋枪,怒吼着扫射敌群的英雄。然而,胆魄与心智的结合才能铸就一座有高度的山,而伯父最终被困在了山腰。

伯父的仕途因他横冲直撞的性格而屡屡受挫,久而久之便心灰意冷。我开始感知世态炎凉是在伯父愈来愈黯淡的眼神里。我不知道一棵树在掉光叶子时是怎样的心情,但我知道它肯定是有心情的,伯父此时的内心该是寂寞如落叶了。因为他已经知道,人生的辉煌并不比一片树叶长出多久。从仕途上收心的伯父从此真正开始享受人生了。记得有么一个黄昏,心境平和的伯父用手摩挲我的头顶,对我缓缓地讲着往事。已经长成少女的我将手放在伯父的膝上,静静地倾听着。这时,我才知道人世间有如此惊心动魄的幸福。记得当时我与伯父坐在院里的石凳上,隐约感到背后有人默默地注视,回头一看,竟是西天上那个大而浑圆的落日。那一刻的温暖竟然一直延续在我的生命里,此去经年,不曾褪去。

此后不久,伯母病逝。又此后不久,伯父卧病,被天津的姑姑接走,我因而回到几千里之外的父母身边。离别时,伯父那声沉沉的叹息让我至今仍无法忘怀。人生的相约原本是那么容易错过,我没有机会重过我的童年和少年,再与那儿时小窗怎样对视,都已不复当年景致了。时光与我往前走,我不想做《圣经》里罗得的妻子,不顾天使的警告，因在即将逃出毁灭的一刹那的回眸而变成了盐柱，我深知我该往前看。

伯父有一笔丰厚的财产，因而得以安适地享尽天年。伯父从这个世界抽身而去的时刻，正是我在高考试卷上填写未来的时刻，我没有机会与伯父做最后的告别。不知伯父在弥留之际是否想到我，但我深知我于伯父是无可替代的，我深切的哀伤伯父定能感知。我遥遥地为伯父唱着安魂曲，送一生清白的伯父的灵魂上天堂。天堂是人人渴望存放灵魂的地方，那里该有极度的自由和舒展。伯父尽可以把在人世间郁结的苦闷宣泄成风雨雷电而不受责难，上帝也过礼拜天的。

我怀念伯父的方式是隔着时空与其遥遥对视。因其遥远，我更珍惜。伯父也许会有一声幽幽的呼唤，没有孤独和忧伤，不是宣泄和排遣，这声音响彻生命的原野，使我俯下头来，细细地检视自己的记忆中一个个的伤口与疤痕，永远地用感激的目光看待生活，并视其真正意义上的对生命的朝圣。

我将越过心灵匍匐的历程，在天人合一的一瞬，静听岁月悠远的回声。

我 的 姑 姑 已 成 佛   2012.4.5

当 2011 年转身离去的当口,姑姑舍弃了世界输送给她的最后一缕空气。在从医院回到家里 20 分钟后,她决绝地闭上了眼睛。姑姑的佛友们说,她这是赶着去西方的极乐世界了,在这辞旧迎新的时刻,前往西天的路是最顺畅的。

姑姑离世前唯一的愿望是要一个佛教的葬礼。这样,姑姑在人世间最后的停顿就被她的佛友们接管了。

不多时,姑姑的佛友们从全城的四面八方涌进了姑姑的家里,他们个个都穿着大红色的衣服,整齐划一,在团长的带领下开始按佛教的礼法为姑姑布置灵堂。从第一个佛友进门的那一刻起,"阿弥陀佛"的吟诵声便回旋起来,这声音低回婉转,却有着不可思议的力量,以至于能够穿透重重迷障,与一个来自遥远秘境的神秘声音相呼应,让世间的一切顿时屏气凝神,为此注目。

姑姑的家在一楼,靠着小区的围墙。人们送来的花圈一个一个顺着围墙排开,并一直在不断地延伸着。我站在那里,对每一个前来送花圈的人鞠躬行礼。我童年时远离父母,多亏了姑姑的照料,姑姑是我第二个妈妈。我看着那些花圈,一遍又一遍地确认姑姑离去的事实,身体无法自控地战栗着。

我被表哥拖着到了楼房的拐角处,他说:妹,你怎么了?你别吓我。

我说不出话来。只觉得天旋地转的,眼前的一切仿佛发生了质变。阳光、楼宇、围墙、大地和来来往往的人都渐渐地变得透明起来。我好像被一个透明的罩子封闭着,也与这个世界剥离了关系。我的胸口被一块巨石压得透不过气来。我伸手去扶院墙,但那墙也是透明的,抓了几下都抓不住,最后,有些硬硬的颗粒嵌进了我的指甲里,我只好倚着围墙蹲下。医院里的最后一幕不断在眼前重演。在那里,姑姑最后一次从病床上探出手来牢牢握住我,大声大声地咳嗽,大口大口地喘气,说:孩儿,你,小时候,姑姑没,照顾好你,姑姑死后,一定会,好好,保佑你的……这情景很清晰,但越来越远,远到我的目力所不能及。我绝望地想,这个让世人恐惧的"2012"刚一探头,就掠走了我的姑姑。于我,这就是一场天大的灾难。

不知过了多久，表哥走过来，说：妹，我带你去看看姑姑吧，可千万别哭，这是佛教的规矩。我点头答应，跟着他走。

时隔10小时后，我又见到了我的姑姑。姑姑就躺在她平常睡觉的房间里，手握佛珠，穿着薄薄的僧衣，身上什么也没盖。房门洞开着，房间里温度差不多要结冰了，我怕姑姑冷，急忙想找点什么给她盖上，可是被红衣团长给制止了。这位团长50多岁，他里里外外地操持着一切，不言自威，让我对他心生敬畏。此时，姑姑已经不属于这个世俗的世界了，团长一声声地把她叫作"敬贤居士"，这个佛号将姑姑和这个世界相关的丝丝缕缕彻底隔断，我只能绝望地愣在那里，只有绝望。

姑姑面色未改，一如生者，眼睛紧紧闭着，嘴唇却微微张开。我知道，姑姑在病床上和肺部的癌症缠斗了3个月，为的就是争夺那一口氧气，现在，她终于解脱了。我注视着姑姑，双手合十，为她念"阿弥陀佛"。想着这个世界上又一个疼爱我的人离去了，从此，天人两隔，她再也不会高一声低一声地唤着我的乳名，怕我冷，怕我饿，怕我被人欺负了。再也听不到她慈眉善目地抱着我说：姑姑的贴身小棉袄啊……我知道眼泪流下来了，就一口一口地往下咽，咽得喉咙处打着结，咽得胃狠命地胀痛起来。

那个红衣团长说：来，让你姑姑给你表演一下。说着，他拎起姑姑的手臂做弯曲伸展的动作，并让姑姑的手去摸自己的脸，奇怪，姑姑居然可以很自如地做到。接着，他又拎起姑姑的腿，上下挥动着，又做屈膝盘腿的动作，姑姑居然也做到了。接着，见有人进来，他又要重复这些动作，我怕他伤到姑姑，连忙说：不要，不要这样……他不听，又要姑姑表演。姑姑的腿和手臂又被大力地举起弯曲，那手臂和腿上布满了针眼，哪里禁得起这样折腾啊，我再次说，不要！不要！团长还是不理睬。我没有办法，心疼得哭出声来。那团长终于停下来了，对我说：你，出去吧！我怕给姑姑添麻烦，不敢悖逆，只好拖着沉重的罪孽的肉身，不可饶恕地哭泣着出去。

表哥红着眼睛跟着我出来。他再次拖住我，把我带到那个拐角处，他说：妹，咱们不是佛门中人，在这使劲哭吧。说着，他已泪雨滂沱……

姑姑的佛友们分成三组，轮换着唱"阿弥陀佛"，这诵唱声在48小时内没有片刻停歇。一组唱累了再换一组，被换下来的人喝点水，吃着从自家带来的食物充饥，我们为他们准备的饭菜他们一口不动。有位佛友自己带的东西吃完了，吃了一点我们的，竟然要付钱，说是不想给我们添麻烦。我们坚拒，他便强给，争执半天，最后还是我们妥协了。

这是一群怎样的人呢？他们行走在大千世界里，却能超然物外，这个红尘滚滚的凡间，只不过是他们的临时过渡之所，姑姑正在前往的地方才是他们永恒的归宿。离世，对他们来说是"往生"，是一种庄严的喜乐，因而他们能笑看生死。

其实，对于活在世间的每个人来说，活着是暂时的，死去才是永恒的，悠悠岁月中，我们也不过是短暂停留的过客而已。与他们相比，我们应该悲哀的是，他们知道离开这个世界后要去向哪里，一生一世都心有所属，心无旁骛，因而预支了来世的幸福。而我们对自己的身后一片混沌一无所知，却又做不到一无所求。活着时，我们忙于将世界占为己有，忙着忙着就忘记了自己有朝一日也会死去。而到了临死前，回首来时路，又好像从来没有活过一样。这样一来，我们既找不到来世，又断送了今生，剩下的只能是在悲伤中毁灭……

不由自主的，我很想靠近他们，我申请加入到他们中间，与他们一道为姑姑吟诵"阿弥陀佛"，他们很乐意地接纳了我。一个年轻的女佛友体贴地把自己的座位让给我，因为那里暖和一些。她用力地握了一下我的手，安慰我，想必她也有白发娘亲，她也食人间烟火，俗人的悲伤她也理解。念着念着，我想起姑姑小时候给我扎小辫的情景，眼泪又出来了，女佛友就用手肘捅捅我，我立刻知道自己错在哪里，赶紧抹掉。我穿着黑色的衣服坐在一片鲜红中，显得那么不合适，这让我好生自惭形秽，有些怯于在他们面前走动。

在唱到我的喉咙有些嘶哑的时候，又一个黎明来临了，姑姑的身体被抬出了她生活了20多年的老宅。在团长的引领下，所有为姑姑送行的人手握一朵黄色的菊花，在灵车两边一字排开，唱着"阿弥陀佛"，鞠躬行礼。当姑姑被放进灵车的一刹那，对，就是那一刹那，不远处的天空突然响起一阵脆亮的鞭炮声，一时间所有的人都惊呆了。这鞭炮不知道是哪里燃放的，不知道是谁燃放的，不知道是为什么燃放的。而这一天只是一个普通的工作日。

我身边的一位佛友悄悄对我说：你姑姑大概成佛了，停放了两三天了，刚刚还看见她的手脚仍然那么软活，世间罕见啊。还有这鞭炮声——真的，好神奇。

我抬头望着灵车，车门在缓缓关闭。那里面躺着曾待我如慈母般的姑姑。我曾自认为我知道她的一切。可是，一个常年守着青灯黄卷、焚香问禅的人，一个几十年素食简衣、一心向佛的人，她所封存着的那个深邃清远的世界，怎能是我这样的贪恋红粉、乐享浮华的人所能洞悉的。

在殡仪馆，鲜鲜亮亮的红色引领着长长的队伍，一路唱着"阿弥陀佛"，一派祥和地送姑姑走向了前往西天的通道。一路上，其他送葬的队伍都向我们行注目礼，有许多人停下脚步，也跟我们和几声"阿弥陀佛"。在庄严肃穆的殡仪厅内，队伍环绕着姑姑唱念三周，停下。团长带领所有人吟诵祝祷词，祝祷姑姑顺利进入西方极乐世界，为姑姑的眷属亲朋消灾解难……

祝祷声中，我又看见我的姑姑坐在那个小小的佛堂中，盘腿打坐，虔诚地念着"阿弥陀佛"，周身笼罩着一层炫目的金光……姑姑几十年如一日地吃斋念佛，也许等的就是现在这一刻……

心念于此，我顿释然。

极乐世界究竟是什么样子呢？应该就是我们常说的天堂吧，姑姑一定能够到达那里。忽而，我想起了一句颇具宗教意味的话：他人即天堂。这句话曾让我玩味良久，今天，终得其解。这些虔诚地念着"阿弥陀佛"前来为姑姑送行的人，不就是姑姑的天堂吗？这许多人为姑姑托起了一个人间的天堂，姑姑在这个世界盘桓了大半个世纪，就是因为这里的血脉亲情、深厚友情、美好爱情、依依乡情是她难以割舍的吧。

在此意义上，姑姑是我的天堂，我亦是姑姑的天堂。我意识到，只要我愿意，我其实也可以生活在人间天堂里。在这里，苦乐相伴，悲喜缠结，冷暖交集，爱恨牵连，荣辱依傍……

感谢上苍，能够让我对这一切做自主的选择。当然，要想把俗世活成天堂，我还需潜心修行。

我突然有很强烈的愿望想去尼泊尔，想到蓝毗尼——佛陀的诞生地去看看，想去探究那片神奇的土地是怎样造就如此神奇的伟力。我又想去峨眉山，姑姑说我的本命佛在那座仙山上。身未动，心已远，就像姑姑说的，我或许也有慧根。

我会深深地怀念姑姑,情到深处,一定会有清泪洒落,但不止于悲伤,但愿佛法能够允许。

姑姑这一路走得真好。

再为她念一声:阿弥陀佛。

我 终 于
失 去 了 你

2013.5.9

妈妈走了5年后,你也走了,很想知道你们在另一个世界团聚的情景。谢天谢地,那夜你终于给我托来一个梦,梦中见到你和妈妈和我还有许多我们的亲人一起在一个热热闹闹的广场上。你离去一年多了,一年来,我想托个梦和你见一面都难得很。这次在广场上不但见到了你,你还把我一直盼望梦里能见一面的妈妈也带来了,我真有点喜出望外。

梦里的天气那么好,每个人都兴高采烈的,好像在等着一场一定会到来的喜事。我只顾傻傻地望着你们,我的亲爱的爸爸和妈妈,怎么看也看不够。现在回想起来,你们穿着干净利落的衣服,很健康不太老的样子。你们还和我说了话,说着说着我就哭了。我哭得可真不是时候,等我擦干眼泪时你们就不见了。不但你们,刚刚还

老父老母相继离世,我成了孤儿。

热热闹闹的广场就剩下我一个人了,孤零零的,一片寂静。那一刻,我决定记录下和你们分手的情景,但记忆却出现了巨大的空白,我拼命地搜索还是已经无法恢复,就像彻底损坏了的硬盘。

我开始极力想弄明白我为什么会一个人留在广场上。按理说,你们应该与我多逗留一会,多说几句话,但不知何故,你们却自顾自地走了。茫然四顾,由极其喧闹到极其寂静的落差让我害怕。我后来追忆起,你和妈妈好像是坐着车走了,像是赶着去什么地方,连声招呼都没打就丢下我走了。

随后,广场边上的店铺亮起了多彩的柔和的灯光。我先是漫无目的地沿着街道踽踽而行,然后郁郁寡欢地进入一家超市,在货架中间穿行,步履缓慢而艰难。我的双眸有些迷离,两边的货架渐渐幻化成密林深处的甬道，幽暗而绵长。我不停地走，不知走了多久。终于走到甬道的尽头，正好有一扇门，于是我来到另一条街上。这条街霓虹璀璨，有许多行人和车辆在穿梭。此街与彼街没什么明显的区别，如果说有什么区别，大概就是，我此时此刻在此街而不在彼街。我大概是想回家，然而就在自己有了想回家的这一想法的刹那间，我突然意识到，在这个世界上，我其实已经没有家。

我不明白，明明自己是有家的，然而这个家突然一下子就与我拉开了距离，遥远到我的记忆甚至是想象的触角也探寻不到，就像一个光亮刚刚还在我的眼前释放着温暖，突然就流星一般飞向了莫名的远方，无影无踪。

我伫立在街头，不知道有没有风从我的肋间穿行。我没有任何感觉。我一门心思在想，在这个城市，我应该有个去处，也就是说，我应该有个睡觉的地方。然而大脑提示我，我找不到这样一个去处，于是，我变成了一个无家可归的人。并且此时，我也许哪里都去不成了，我可能身无分文，真的，可能真的身无分文，只是我来不及确认，来不及确认自己是否身无分文，因为某种情绪，自己也说不清的情绪正在体内积聚，正在束紧我的中枢神经。那种感觉就像傍晚的潮水，虽然也有退潮，其实只是波浪的假象，实际上潮水已经漫上了阳光亲吻了一天的沙滩。

我的脚不知道应该迈向哪里，也不知道站立了多久。周围的楼群、行人、车辆、店铺以及灯光渐趋模糊。就在某一时刻，我的泪水夺眶而出,滑下的泪水每一滴都足以击碎我的胸膛。

渐渐地,我止住了悲伤,因为我想到了你们,至少你们可以告诉我该去哪里。

于是,我挪动沉重的脚步,下意识地寻找你们,我不甘心你们就这样不见了。因为在这个世界上,你们曾经给了我一个真正意义上的家,指给了我人生的方向。我还有一肚子的话没来得及对你们说,我甚至没有机会好好抱抱你们。你们为什么就走了呢?……

后来,类似的梦境又反复出现过。我总是拖着沉重的脚步,不断穿越迷宫一般的通道,不知道开启了多少扇门,疲惫不堪,怅惘无边……

我把它讲给朋友听。朋友听罢,叹口气说,逝去的终究是失去了,不要这样放不下,总有一天,我们自己也会走的。

女人，是一种有点落寞的职业

2012.3.9

女人往往是这样，到了一个比较敏感的年龄，就习惯性地与自己纠缠不清。当时光裹挟着滚滚红尘如潮水般从心海中褪去后，心底的浅滩就渐渐裸露出来。即使不愿意她也会看到，那里的珠贝绝不会比沙砾更多。她愈发苛刻地审视着自己，越看就越不愿接受，越不愿接受心就越窄。让她恐慌的是，她再也没有力气让自己改变，便只好与自己矫情。她看不清自己还拥有多少未来，而这样的未来，她又是否有足够的能力来把控。

也难怪，一个女人一路走来，看过了无数日升月落，潮涨汐平，看着看着，这海阔天空竟然成了一幅恢宏的背景，而这个背景前面站着一个伟岸的男人，只见他把大手向前一挥，在天地间画出一个圆弧，说：那一片世界也是我的。然后，她看着这男人从身边启程，头也不

在中国驻俄罗斯使馆的国庆宴会上,见到了一直不老的韦唯和突然变老的侯耀文。

回地走进另一片天地里。她独自被困在原地，没有足够的力量让男人为自己驻足，也没有足够的力量去追赶男人的脚步，只能心怀忐忑地由着那个背影渐行渐远，而她所有要做的想做的事情似乎就只剩下一件：那就是在她的视野之外去搜寻那个时而清晰时而模糊的背影。

其实，女人原本也拥有自己的世界，她也曾挣扎着从生命之河里浮出水面，阅读水上风景。那时，她那强烈膨胀的生命力和男人一样，恣意纵横地向外奔突，冲刷自己的河道，确定自己的流向。但是，当她在奔腾起伏中一路跌宕，到达了一片开阔的河谷中，她的生命之潮骤然安静了下来。那平静的水面虽然深邃但波澜不兴，即使泛起微微的涟漪，但比起那澎湃的波涛来，也不再是迷人的风景。此时，流年似水而去，她发出了一声曾经桑海的感喟。她环顾四周，物异人非，世界是那么真实又那么虚幻，而她握在手里的只有如烟往事，恰恰这历久弥新的过往都和那个背影有关。那背影镶嵌在她的生命里，一碰就痛，无法剥离。她打量着自己，抚摸自己的内心，她对自己说：好好做女人吧，做女人，才是你一生的职业。于是，她从水面上的风景里收回目光，沉静下来，重新又回到了她出发时的原点。

宁静使人辽远，宁静使人旷达，宁静使人简单。于是，女人愿意过宁静的日子，她要自己简单地活着。宁静，让她有更多的时间和精力去消化世界，过滤淤积在她内心里的阻滞，而后，她一点一点地靠近简单。但是，简单并不等于简陋，只因在她的生活中央，有一个愈来愈放大的背影，被她比以往更加细致地欣赏着，由此她确信自己是简单的而不是简陋的。她知道自己是一件优质的乐器，经得起时间的敲打,一旦被一双有灵性的手指触及,便会美妙地鸣响,她知道这个世界上有一双这样的手。

黄昏的时候,女人想象着自己是旧上海巷弄里那个穿着苔绿色旗袍的女子,独自在氤氲的光影里,倚着香炉发呆。如果,手里有一杯咖啡,那么,在咖啡泛起的浅浅白雾中,她想的一定是一件落寞的事。她会想,那个背影为什么要从她身边一次次地离开?离开久了,是不是还记得回来的路?想着想着,她一定会掉下泪来。她轻轻合上窗帘,环顾窗帘里的日子,这日子是那么长又那么短,她倾听着自己灵魂深处的声音,思绪随着映在天花板上的光斑游走。她想着那个背影,但她不会去讨扰那个背影,她情愿就这样在寂静中和自己说话。渐渐地,她困了,睡了,就这样,一个日子又从她的生命中抹去了。

如此,女人似乎被困在了自己艰难的职业里,这个职业的核心便是,她要自始至终都被那个远去的背影藏在心坎上,那个背影不论走出多远,离开多久,都会心心念念地把她唤作宝贝。

女人明明知道,这是多么难以成就的事业。但她还是守在那里不肯离开。她想,她每一年都可以遥望那个背影 365 天,如果那个背影会在某一年的第 366 天回转身来走向她,那一天,她的一切就会骤然圆满。

如此,做这样的女人,注定是一项有点落寞的职业。

她知道。

我 的 十 年 心 路

对于一个女人来说,十年,不仅仅是一生的 X 分之一,还有更为沧桑的路程,在心里蜿蜒着。十年过去了,改变的不仅仅是容颜……

十年前,我以为自己是一朵花,而生活已经为我准备了温室;
十年后,我更安心地做一棵草,因为草不需要温室。

十年前,我竭尽全力地同命运抗争;
十年后,我心平气和地与命运和解。

十年前,我总是爱假想出一个对手来激发斗志;
十年后,我终于学会了在喧闹中与自己下棋。

十年前,我总是在清点:自己还缺什么;
十年后,我总是在检视:自己还有什么。

十年前,我总是敦促自己要激流勇进;
十年后,我总是劝解自己要随遇而安。

十年前,我总是不断收纳试图堆积出丰富的内心;
十年后,我却在小心剔除以求回归到简单的灵魂。

十年前,在听别人说话时,我最爱说:我懂了;
十年后,在与别人对话时,我习惯说:我不懂。

十年前,我总是到人群里去排解自己的孤独;
十年后,在人群里的时候我就更孤独。

十年前,我总是宽慰自己:明天会更美好;
十年后,我总是告诉自己:今天才更真实。

十年前,我总觉得我吃到的这颗葡萄是酸的;
十年后,我总觉得别人正在吃我曾经吃过的酸葡萄。

十年前,我总告诫自己:你应该坚强;
十年后,我总应允自己:你可以脆弱。

十年前,我的心里装满了自己;
十年后,我愿意腾出最重要的位置给别人。

十年前,我总是期望生活能够善待自己;
十年后,我不断检讨自己是否亏欠了生活。

十年前,我夹了一片玫瑰花瓣在书页里;
十年后,这片玫瑰花瓣已经枯干发黄,一碰就碎了。
就像这十年,
被岁月氧化了的十年……

回忆在等我慢慢变老

这个专属于我的夜晚透着秋日的微寒,这个我曾经认为十分遥远的夜晚,就这样悄无声息地挡在了我的面前,我准备了许久,但是,在我望见她的一瞬,我还是对其敬畏得不知所措。

我在黑暗中点起一只红烛,在飘忽摇曳的烛光里,我静静地阅读自己的又一重年轮。

一缕夜风拥窗而入,烛光跳跃着,我的影子也随之起舞,恣意不羁。在这个我为自己搭建的舞台上,她尽情放纵,像个女巫。

那一晚,我拥抱了自己。

快乐,原本就是那么简单。

我轻轻打开了记忆的闸门，沉默在记忆角落里的影像，如潮水般涌来……

我记起了自己年少时的梦。那是一个开放在时光深处的梦。梦中那个如花朵般粲然开放的我，身背大大的行囊，沿着一片遮天蔽日的密林的边缘行走，衣襟发梢上缀满了秋风，酡红的脸，朝向远方。

我想起某年某月的一个冬日的黄昏，一对白发老夫妻互相搀扶着渐渐远去的佝偻背影。当时见此情景，我不由心头一颤：想起了远在千里之外的年迈双亲，只有叹息。

我想起某年某月的一个夏天，在拥挤的公共汽车上，一个英俊帅气的小伙子起身把自己的座位让给一位孕妇。下车时，却看见那个小伙子左脚一瘸一拐，走起路来非常吃力。当时，我感到心头一动，心里祈祷上帝保佑，让一位好姑娘爱上他。

我想起某年某月的暮春清晨，我钟爱的兰草花终于含苞待放了，而此时我却匆匆外出，一周后回来，那朵小花已安静地谢了。记得当时心头一酸，想象着那朵笑靥迎人的小花，如何在寂寞中让美丽的生命一点点剥落，无人欣赏，无人怜惜，甚至不会孤芳自赏。忽然觉得，这朵别致的小花像极了自己……

回忆中，我正在慢慢变老。红颜褪去，情怀更改，时光从我的指尖一点一滴地漏下。我那血液中充满的灵动，我那匆匆而来又匆匆而去的美好情怀，都已不告而别。我独自伫立在时间的荒野上，只不过是一个转身，就不见了晓风残月的杨柳岸。也许，当我在生命的某一路口稍一顿首，再抬起头时，早已是尘满面、鬓如霜了……

生日的烛光舞动着我的影子，拉长、缩短、扭曲、还原。秋风缕缕，破窗而入，配合着我心内的清冷。

突然想起了很久以前喜欢的一句诗：

春天过去不是秋，
不要为年龄发愁。

何为失去，何为拥有，真真只在一念间。

闭上眼睛，来一次悠长的呼吸吧，为自己祈祷。

潇 潇 离 家 "出 走"

潇潇走了,一个人带着大大的行囊走了。在踏进"海关"入口的刹那,她回转身对我嫣然一笑,那张还带点婴儿肥的粉红小脸光洁如玉,闪烁着动人的光辉,一头浓密柔顺的长发轻轻拂弄着她玲珑的腰肢。如一阵清风似的,这个小小的女孩就离开了我的视线。

我一直担心的那个离别的悲伤场面没有出现。我释然,继而又怅然。

临别的那个晚上,家里弥漫着一种异样的气息,静静地,谁也不说话。潇潇亦步亦趋地跟着我,跟着我下楼买东西,跟着我进厨房做晚餐,跟着我上网查询航班信息,跟着我洗漱换衣服……在确定我没有事情要做了的时候,她伸出双臂抱紧我,从此再不肯放手,这种姿势一直保持到她沉沉地进入梦乡。

我轻轻地掰开她的小手,细细地看着。这是一双白皙粉嫩的小手,可是,指尖却出奇地厚实饱满,这是长年累月弹琴的结果,这是一个没有童年的琴童的手。一年又一年,这双小手在我的掌心里一点点长大,如今,大到了我已经无法握住,所以,我只有放手。

临出家门时,潇潇和她宠爱的花猫毛毛告别,一遍一遍地说:姐姐要走了,你知道吗?毛毛正在打盹,睡眼蒙眬地冲她"喵"了一声算作回应。潇潇又和她的房间告别,房间里贴满了她的明星偶像,潇潇向他们挥着手:再见了,我会想你们的!明星们个个都笑意盈盈、含情脉脉地回望着她。然后,她又跑去看她的钢琴。她一遍又一遍地抚摸着她最亲爱的朋友,说:我爱你,我最爱你了。那钢琴叮叮咚咚地鸣响着,像是在诉说百般的依恋。

就这样,她的小嘴叽里咕噜着,一直也不消停。只是在去机场的路上,她沉默了,许久不说话。

我问:想什么呢?

她简单答了三个字:想家了。

我突然觉得心头一紧。细细端详着这个要独自去异国他乡生活的小丫头,看着她乳臭未干的小模样,我不禁问自己:我就这样放

故园之恋 / 211

她走了吗?

潇潇真的就这样走了,去了她向往已久的那个可以枕着音乐入眠的国度,去寻找她所钟情的音乐,颇有挥挥手不带走一片云彩的潇洒。尽管有千般的不舍,但想到一个五彩缤纷的世界正在为她而缓缓开启,我便转而欣慰。

一直一直,她离别时给我的那个紧紧的拥抱都温暖着我,她身上那股淡淡的幽香抚慰着我的肺腑。

送走了她,我独自走在街上,在车水马龙中,我的世界一片寂静。

此时此刻,我的脑海里,满是她那粉红色的微笑……

我 的 阿 财

阿财在一个美丽的夏日黄昏中死去了，死得好惨！

本来阿财一直和我住在楼上的。但是，住在楼上的阿财只能整天待在笼子里，一把他放出来他就钻到沙发底下不肯出来，还到处大小便，所以我不得不剥夺了他的自由。有一天，我看到笼子里的阿财可怜兮兮的小模样，慈悲之心大发，便把他挪到了打扫得干干净净的地下室，阿财在此终得自由，可以满世界地撒野了！

阿财是我和那个刚刚考上中国音乐学院附中的准音乐家从市场上买回来的。记得当时有一大堆兔子、猫的，阿财被摊主拿出来做样板。只见阿财在一个小小的圆桌上不停地兜圈子，跑得气喘吁吁的就是掉不下来，有趣极了。准音乐家的眼睛和脚钉在了那里不能动弹，阿财就不得不和我们一道回家了。

这时的阿财才两个月大，长相既像兔子又像老鼠，然而，大家却一直叫他"荷兰猪"。仔细一看，阿财从腰到臀再到尾部的那一段还真像猪。于是我和准音乐家就"猪猪""鼠鼠""兔兔"一通乱叫。其实，"荷兰猪"的学名是豚鼠，不是猪，跟荷兰也没什么关系。有一天，准音乐家觉得自己的学费太过昂贵，希望小荷兰猪的到来能为我们招财进宝，又看小家伙的模样像是个男的，决定把他命名为"财神"，后来又怕这个名字惹恼了神明，最终改为"阿财"。

阿财真是个乖孩子，一天到晚不哭不闹，从不挑食，菜叶、饭粒、果核啥的给什么吃什么。记得从市场上带他回家的那天，我们顺路去了一家复印社。有个人见阿财好玩，就用手里的复印纸伸到笼边逗他，谁知阿财一口咬住纸的一角，咯吱咯吱地吃起来，不一会儿，纸角上就出现了一个弯弯的月牙。后来回到家，我们又找了一个白纸条给他，不一会儿就被他吞光了，第二天，居然不拉不泻，再给东西还是狼吞虎咽的，想必是饿怕了。准音乐家说，阿财一定在他的原主人那里受了虐待，到了我们家，一定要让他过幸福生活才行。为此，准音乐家还自请我削减她的零花钱呢。

阿财是个温顺细腻的孩子，饿急了的时候会发出十分有穿透力的叫声。等你把给他的食物放进笼子里时，他的喉咙里便发出咕噜咕噜的声响，是高兴，也是感激，总之你能听得出来。他吃东西时，你用手抚摸他的小脑门，他通常会停下来，闭起眼睛静静地配合你的爱抚，一副极其享受的模样。等你停止了抚摸，他便争分夺秒地大嚼大咽起来，他真的很懂你的心思。要是吃饱了的时候是在笼子外面，他就会跑到你的面前，把头枕在你的脚上，睡了。你把他抱起来，他会安安静静地卧在你的臂弯里。一般在十分钟左右，他就会不安地挣扎起来跳到地上，那是想找地方方便了。找来找去，最后大多是主动进到自己的笼子里。一进笼门，立刻一泄如注……

后来，家里养了猫，对阿财的关照少了许多。但是，心里还是最疼阿财。可能是阿财长得像老鼠的缘故，那猫很是欺负阿财，钻进阿财的笼子里，用爪子打阿财耳光，阿财吓得连笼子都跟着一起发抖。有时，把阿财放出来散散步，那猫就围堵阿财，弄得阿财走投无路，只好放弃自由的世界逃回到笼子里。每当出现这样的情景，我必是要帮阿财教训猫的。可是有什么用呢，阿财太弱小了。

阿财住在地下室的时候大概是他一生最快乐的时光了，可是，悲剧也在此埋下了伏笔。我们的地下室是2号，4号地下室里住着一条叫"乖乖"的狗。这狗整天一副胆小怕事的模样，谁知那天晚上却一反常态。

那天，我去给阿财喂食，一走到楼梯口，就听见阿财发出一阵阵的欢呼声。我一天没见阿财，挺想他的，便急急忙忙打开房门，却没有注意到那条尾随在我身后的狗。那狗大概觊觎阿财很久了，它夺门而入，一口叼起阿财转身就跑，跑着跑着，又把阿财抛到空中使劲地咬，阿财不停地惨叫着。等我和狗的主人把阿财救下来时，

故园之恋

阿财只剩下蹬腿的力气了。

我把阿财带回到他的房间时,他已经断气,小小的鼻孔上淤着鲜血。当晚,我就让阿财睡在他的小垫子上,一直陪他到深夜,期待他能起死回生,但是没有。他那胖嘟嘟的小身子已经硬了,阿财死了!

不知道荷兰猪的寿命有多长,阿财两岁零两个月,大概相当于人的壮年吧。不知道他和我们在一起的两年过得算不算幸福。准音乐家曾羡慕地说:阿财,你过得可真是赛神仙呀。可我甚至没有为他留下一张照片,好悔。

第二天晚上,我把阿财埋在了楼前的那片草地里。他活着时,我常常采了这里新鲜的嫩草给他吃,他每次都高兴得咕咕直叫。我为他找的这个安息地他一定会满意,这是我能为他做的最后一件事。

就在我掩埋好阿财准备离开时,夜空中大雨倾盆而下,我那被遗弃般的寂寞一如这夜雨。大雨不管不顾地敲打着阿财小小的坟头,让我心里很疼。我跑去找来了塑料布盖在坟头上,用砖头将四周压好后还是不能安心。我站在大雨里,满脑子都是阿财临死前痛苦挣扎的样子,这时我才知道我是那么舍不得他。而这个世界却只管刮它的风下它的雨,只是我的阿财就这样不声不响地从世界上消失了……

毛 毛

2009.3.5

　　记得那是一个冬末春初的黄昏,楼下不断传来野猫的号叫。毛毛独自蹲在窗台上望着外面,一动不动,她的背部拱出一个优美的弧度,侧面的轮廓柔和而流畅,像是一尊极品的雕塑。忽而,她转过头冲着我细声细气地叫了一声,叫声中含着一丝哀求。一般情况下,毛毛向我索要食物时都会这样叫。我以为她饿了,就打开房门到门外去取牛奶,那是毛毛的最爱。也就在我开门的一瞬间,毛毛飞速地从我的脚下溜出去了。

　　当时,外面正飘着清雪,从未出过家门的毛毛头也不回地扑进了渐渐垂落的夜幕里。

　　慌忙间,我穿着拖鞋追了下去。但是,除了刺骨的寒风和远处的野猫叫声，毛毛踪影皆无，仿佛刹那间就从人间蒸发了。我声嘶力竭地喊她叫她，可声音刚刚发出就被寒风给卷走了，我的心重重地沉了下去。

毛毛是我养的小猫，两岁多，相对于人来说，正是风姿绰约的年华。毛毛出落得很漂亮，她的两只眼睛非常迷人，里面总是有一些"欲说还休"的意味。我常常想，这个毛毛要是女人，那一定是个媚到骨头里的尤物。如今，这个被我心肝宝贝般宠着的小猫一眨眼的工夫就消失在茫茫的冰天雪地里，毫不留恋我为她搭建的家，这让我平添了一丝寒意和遗憾。

虽然如此，我却终究不能忘怀于她。只要一闲下来，我就下楼去寻她。小区内外的每一个角落都被我翻遍了。时间一久，小区的邻居和保安都知道我丢了猫，不时有人告诉我一些关于猫的信息。

一次，一位保安打电话告诉我有一只猫死在了小区的树丛中，让我快去看看。当时，我正在招待客人，也顾不了许多，丢下客人就心急火燎地跑了去，一路上心都被揪成一团。还好，死的那只猫不是我的毛毛，但也足以让我难过了许久。事后，那两位朋友说，你知道吗，你当时的样子像是丢了孩子似的？

天气渐渐地热起来了，毛毛还是不见踪影。我的心一天比一天焦躁不安，我的直觉告诉我，毛毛就在不远处，可是我就是找不到她。

毛毛的小宝贝们,让人爱得心都要化了。

毛毛正昏昏欲睡，被我折腾起来照相，虽有点不情愿，但也乖乖地配合着。

一天傍晚，我无法继续手头的工作，按捺不住急切的心情想去找毛毛。我沿着我走过无数次的小路边走边找，嘴里叫着她的名字。

猛然，一声号叫让我愣住了。

只见从小区围墙的角落里，钻出一只灰头土脸的小猫，她嗷嗷地哭着跑到我的脚边，围着我的脚不停地转圈。她的确是在哭着，像个婴儿一样哭着，两眼可怜巴巴地望着我，只顾把头往我的腿上不停地蹭。我好半天才认出，这正是我朝思暮想的毛毛。

毛毛那公主般的优雅已荡然无存。她骨瘦如柴，以前绸缎般的毛皮上覆满了灰尘和草屑。我把手放在她的背上，感觉到了她瘦削的脊骨如刀刃般立着，奇怪，为什么她的肚子却鼓胀得像个皮球？我把带的猫粮放在地上，她如同一只小老虎般扑过去，低头就吃，边吃便发出哽咽一样的声音。吃完了，我想抱起她，她不让，挣扎着跳到地上。我往回走，她就亦步亦趋地跟着。一路上她哀哀地哭着，不时跑到我的前面，然后再回过头来等我。就这样，她跑一段，等一段，跟着我穿越了大半个小区，终于在迷失了50天后回到家里。

没过多久，毛毛生下了5只小猫，个个都漂亮得像小毛绒玩具。

毛毛这些天是怎么过的，她受了多少苦挨了多少冻，她在哪里栖身，又在何处觅食，我都不得而知。但是，她一直不停地寻找家，这是一定的。

毛毛的小宝宝们都健康地成长着，毛毛天天把他们揽到怀里舔啊舔的，喉咙里叽里咕噜地和她的孩子们说着话。

看到这一幕，我感动得想哭。我想，毛毛在外面不管受了多少苦，但有了这些鲜活的小生命，都值得。

后来，毛毛也时常跑出去，但哪次都不跑远。只等我一叫，她就颠儿颠儿地跑过来和我一道回家。有一次，我忙得忘了出去叫她回来，她竟然自己找到了在四楼的家，她在外面用爪子挠门，直到我把门打开。

再后来，我每次出去散步的时候都领着她。我看风景，和人聊天，顺便买东西什么的，她准在一个不远不近的我们互相能看得到的地方玩耍。等我走回家的时候，她一定是等在门口的。

时间一久，我和毛毛在小区里的关注度越来越高。要是我出差几天，就会有人问：咦，怎么好几天都没见你遛猫？

明媚的温暖与感动

2011.2.3

很喜欢冬天。

昨夜的一场雪悄无声息漫天而下,把天空洗刷得碧蓝碧蓝的,更显高远澄澈。城市也趁机雪国一次,纯洁一回,暂时遮蔽起斑斓的色彩和迷蒙的烟尘。

然而流动的车辆和行人终究耐不住寂寞,追随着冬日的步履,他们不顾刺骨的凛冽,缤纷杂沓地开放在一片亮丽耀眼的白中,就像一束束争奇斗妍的鲜花,尽情地释放着各自潜藏的或显明的欲望。

凭窗而坐,卡布奇诺散发着阵阵醇香,任窗外凝固的流动的风景漫不经心地在眼前掠过。此时,耳畔回响着优美而明亮、温暖而细腻的旋律，内心掀起层层涟漪，涌起丝丝暖意。

音乐果然是无国界的。我们的肉身是灵魂的牢笼，语言是思维的界限，然而音乐可以打开牢笼，突破界限，让我们的灵魂飞升，飞升到我们憧憬向往的美好世界。

正在聆听的一张专辑，我非常喜欢第二轨：Somewhere Still the Rose（玫瑰依然在某处），这是一首知名度赞誉度双高乐曲，一首甜美的优雅的玫瑰絮语，特别适合坐在明媚冬日照耀下的温暖的房间里聆听。

开始，我跟随钢琴迈着轻快柔和的步子来到一处风景优美的所在，接着优美的小提琴引我徜徉其中寻找那朵久未谋面的玫瑰。

忽然，管弦乐奏响了华丽热烈的乐段，令人眼前一亮：玫瑰！依旧守候在这里的玫瑰！思绪随之攀升到了一个新的境界。

随后，我的情绪在长笛温暖的抚慰之下渐渐平静下来，开始仔细端详这朵娇艳美丽的玫瑰，吸吮她那诱人的芬芳。此时，小提琴在钢琴的陪伴下情深款款地、细腻地重复着线条优美的主旋律，令人陶醉不已。

我的眼前浮现出久别的亲人那熟悉的身影与音容笑貌，思忆起一同拥有的曾经过往，甚至一切细节都清晰地呈现出来，一时间竟

感动得无以复加,此时管弦乐再次奏响了华丽热烈的乐段,情绪到达了最高潮。

之后,是渐次的平静。

细细地回味,沉醉。耳畔余音袅袅,不绝如缕。

水 墨 李 家 山

几百年了,李家山就这样静静地藏在层峦叠嶂的大山深处。慕名而来的寻访者沿着盘旋在绝壁上的羊肠小路,步步惊心地走进她住着的大山的褶皱里。此刻,一重重包围着这个古村的尘烟聚了又散,散了再聚,但她仍然留在原地,虽然风霜叠印,却依然面容明澈。我向她瞥去第一眼时,耳边传来不远处黄河河面上浮冰的清冽撞击声,还有,空气里混杂着高原黄土的沉香,记忆深刻得足以浸透到数年后的时光肌理中去。

在这个世界上,命运的安排似乎从未遗漏过什么。25年前,命运安排了画家吴冠中先生与李家山的邂逅,仿佛就是为了改写这个小山村的命运而埋下的伏笔。

很难说清楚，是吴冠中幸运地撞进了水墨画般的李家山，还是李家山幸运地走进了吴冠中的水墨画里，总之，天缘笃定，双方的合体没有丝毫的扭捏迟疑，顺溜得如同村口那片柳树的细枝一般。

就是那个深秋的午前，第一次踏足李家山的吴冠中惊呼他看到了一座立体的"汉墓"。显然，这个空灵幽雅、远观如展翅金凤般的小村落的旷世之美，着实惊着了我们的大画家。画家大概再也无法挪动他的脚步，他在此择窑而居，铺纸研墨，这个依七十度山坡而建的"明柱厦檐高圪台"的明清窑洞群，迅即幻化成吴大师笔下的绝美画卷，没多久就惊艳了这个与世隔绝的桃花源之外的世界。

李家山一夜成名。

我到达李家山时，她正被冬日的暖阳笼罩在一片祥和的光晕里。其实，在此行之前，我的心已经撇开我的身体多次徘徊在这里了。思念太久的相逢，反倒没有了想象中的悸动。眼前的村巷里空空的，偶尔出来走动的，也只是形单影只的老人们。他们见到有游客进村，就招呼着推销自产的红枣。他们口中的方言，味浓，含混。舌头打结的频率极高，发出的语音杂糅在一起，外人极难分辨。好在，钱数是说得清的，其他的懂不懂也就无关紧要了。

我看着这个从山底到山顶叠置十一层一气呵成的"立体村落"，用目光抚摸着那些年代久远的砖雕木刻，心里想象着，这些窑洞里曾经煅烧过多少情节或热烈或细腻的故事，最后，又被时光封锁住

吴冠中大师住过的窑洞，此时正空身待客，可惜，我与她匆匆错过。

也有人说，李家山有晋版布达拉宫的风范。

秘而不宣。

小村真安静啊！村内上下盘旋的小路，干干净净的。偶尔，有一两声鸡鸣狗吠传来，愈发让小山村显得空阔幽寂。老人说，该走的都走了，该留的却未必能够留住。也许，这里曾经活生生的人和事，连离开故乡在外讨生活的李家山后人们都渐渐淡忘了，而留在榆树下访古的古稀老人们那像陈醋一般浓郁的乡音，很快就会被南腔北调的游人的喧哗所淹没，悄无声息的，一如绣花针落入尘土中。

很快，我找到了吴冠中住过的窑洞，"吴冠中采风路居"就挂在门楣上，这几个字毫不含糊，正是出自大师的手笔。走进窑洞，是一铺连着炉灶的大炕，占据了窑洞三分之二的空间。窑洞里面干干净净的，但没有青砖铺地、黄土抹墙的味道，让我有点怅然若失。靠墙的桌子上还摆了电脑，想必网路是畅通的。问了问屋主人，一晚住宿加上早晚两餐才要六十元。当然，这是淡季的价格，等到春暖花开，游人纷至，想住在吴冠中住过的窑洞里恐怕就没那么容易了。

四年前，大师吴冠中已驾鹤西去，而李家山的这孔窑洞却念念不忘地留住了他。人心远比想象的柔软，岁月凿出的很多印记，回头一个一个数过去，都是些模糊结，完全错过了被打开的机会。但是吴冠中之于李家山定会永远清晰，如同那些刻在砖石上的花纹，是时光晕染不掉的。

两个小时后，我已经把李家山的村头巷尾都走遍了，匆忙下山赶

我买了这个老人的红枣和『豆圪钱钱』，离开时，她一直把我送到村口，不断对着我离去的方向张望。

奔碛口看黄河放冰，李家山就这样被我生生地丢在了身后。几百年来，李家山为了保持她的原始风貌，定是数代人以血和墨才描画延续出了今天这般模样，而我们这些游客却只爱匆匆而过，走马观花，连多亲近她一点的耐心都没有，确实是太无情了。曾经属于李家山的一个一个的故事，讲的时候都还像花一样新鲜，读的时候却已经干瘪了。时间过得多么快，多少刻骨铭心变成了陈述时的三言两语呢？

赶到碛口古渡时，看到了黄河河面上细碎的浮冰悠悠漂过的情景，一餐饭后，黄河河面竟然完全封冻。当地人围在河岸边，口中啧啧称奇，一位古稀老人指着封冻的河面说，在他的有生之年内，黄河只在这里转弯，从未在这里停驻过。短短两小时的逗留能遇到这样的奇景，是多么值得庆幸，可是，我就是不明白，我的心为何还是留在了李家山。

站在碛口的制高点黑龙庙前回望李家山，车马穿梭中，几里开外的李家山竟然不见了，那座大山像一个高大的脊背，把李家山严严实实地护在了她的心窝里，由此，李家山才有了那么多清幽绵长的时光。

此刻，我已经开始想念李家山了，她好似一个隐修者，在岁月的深处孑孓独行。是的，所有富有灵魂的东西最后都是要独行的，正如李家山。

桂　林　行

| 惊艳桂林 |

　　记得读大学的时候有这样一首歌很流行，歌名和演唱者已经不记得了，歌词大约是这样的：我想去桂林，可是有时间的时候我却没有钱；我想去桂林，当我有了钱的时候我却没时间。总之，唱来唱去桂林就是没去成。我呢，多年后终于找到了一个既有时间又能凑齐旅费的时段，于是，我在一个冬日的午后飞到了桂林。

　　俗话说，一方水土养一方人。可是，许许多多的外乡人和外国人一走进桂林就再也不愿离开了，他们在桂林的某个角落安营扎寨，锅碗瓢盆地过起了日子。他们把大把大把的时间用来揣摩桂林，满街那些骑着自行车慢慢悠悠一脸怡然的就是他们了。的确，桂林不是在浮光掠影中就能读懂的，她需要一颗宁静淡泊的心去品味。这样一来，赖在桂林不愿走的人越来越多，因此而催生了桂林的一种新的旅游方式，叫作"体验游"。

桂林城不大，象鼻山、芦笛岩自不必说，单是两江四湖的美景，就足以让桂林显示出与众不同的气韵来。

两江四湖环城水系游、内湖鱼鹰捕鱼生态游是桂林耗资两亿打造的环城水上旅游项目，这使得桂林城像个风姿绰约、柔情似水的美人，令人倾倒。我们乘船游览三大各具特色的主景区，即中国古典式园林——榕杉湖景区、天人合一的生态园林——桂湖景区、宋历史文化园——木龙湖景区，欣赏景区内新建成的名桥博览园、名花名树名草博览园、亭台楼阁博览园和雕塑博览园。一路游来，象山、伏波山、叠彩山、尧山、宝积山、老人山等十多座名山不时地与我们的视线相撞，令人叹为观止；和漓江自然山水游不同的是，两江四湖环城水系游突出了桂林作为中国著名历史文化名城所具有的深厚的历史积淀与文化内涵。通过环城水系的恢复和沟通，使原先一大批如舍利塔（唐代）、宋城墙、李济深故居、叶挺将军被囚处等被湮没、遗忘的重要文物古迹得到修缮、保护和挖掘。桂林深厚的历史文化、优美的自然山水、良好的生态环境在两江四湖环城水系中得到完美、和谐的统一。

在夜游两江四湖的船上，我终于知道了什么叫作美景醉人。一个小时的游览途中，船舱里不时有人发出赞叹的惊叫，真有此"景"只

在漓江的青山秀水间，旅途劳顿的我顿时感到神清气爽。

一叶扁舟漂进我的视线，悠悠荡荡，如梦如幻。

应天上有，人间哪得几回"观"的感觉。一路上，穿过了大大小小22座造型各异的桥，有通体用玻璃建造的冰桥，有全部用原木建造的木桥，美得有点出乎意料。出乎意料的还有那些在江心小岛上身着古装唱曲的艺人，和冷不丁在峰回路转处响起的琴瑟鼓乐声。

此行有一个突出的感受，桂林恰似一位知性美人，秀外慧中，独特得无法复制！

梦游漓江

这是一个枯水季节，漓江只有短短的一段可以通航。坐在船上，只听到船底和河床的石块摩擦着，发出嚓嚓的声响，很是揪心。漓江就像是一位殚精竭虑的长者，历经一年的雨打日炙，此刻本该休养将息了，而我们这些恣意妄为的旅人还要坐着船，在她那泓汪在心窝的津脉中碾来碾去，真觉有点对不住她。

鱼鹰们安静地站在一叶扁舟上，和它那蓑衣斗笠的主人在江面上悠悠地逡巡着。此刻，它们扮演着明星一般的角色，和游人拍照，受众人追捧。

鱼鹰原本是捕鱼用的，渔民将鱼鹰赶到水中，等它们将一条条鱼衔在口里送回船上。因脖子被一条绳子系着，小鱼小虾尚可"贪污"，而无法吞食的大鱼只好乖乖地奉送给在船上坐享其成的主人。现在，机械化捕鱼已经基本替代了这种传统的捕鱼方式，鱼鹰也随之被解放了，它们再也不用忍受自己辛苦捕鱼却无法下咽的痛苦了，真是"新旧社会两重天"。看来桂林旅游业的发展连动物都受益了。

印在20元人民币背面的那处漓江精华美景出现在我们的视野里，我惊喜世间还有如此佳境。一时间，我恍如梦中。

感谢漓江，疲惫不堪却又精神矍铄地款待了我。

| 近偎瑶寨 |

黄洛瑶寨是广西桂北山区一个古老的山寨。一进寨门，浓郁的民族风情便扑面而来，寨子里瑶族妇女的长发堪称罕绝。当地瑶族女子把自己的长发视为第二生命，她们一生只在18岁成年仪式上剪一次头发。剪下来的长发和平时梳头时掉下被她们一根一根收集起来的长发各成一绺，共同盘在头上。那些未出嫁的女孩子是不肯将自己的长发给陌生人看的，她们用头巾把长发裹得严严实实的，将一头秀发视为自己最大的私密。只有到新婚之夜，新郎看过第一眼后，那头秀发才可以见天日。如此看来，瑶族男人比汉族男人更多一重新婚的幸福了。

我们有机会观看了"世界第一长发村"的瑶族妇女的梳头表演。10名妇女一字排开，拆散了盘在头顶的发髻。霎时，我们眼前立刻荡起一道黑色的瀑布。她们中最长的头发有1.6米，最短的也有1.4米。她们个个身着黑色的刺绣着鲜艳图案的衣裙，娇小的身材衬着那漆黑的长发,长得愈发不可思议。

接下来柔情似水的长发舞和原汁原味的瑶族山歌更令人心旌摇荡。那原始的山歌如从远古踏青而来,纯美如天籁,直唱得人五脏六腑都通透起来,直唱得我心头一热。游客中的美男子们还被请上台去做"拉郎配"的游戏。一位比"天仙妹妹"还美的瑶族少女,站在一位戴着眼镜的小伙子旁边,如糯米糍粑一般的脸庞上飞着两朵红晕。她用纯净如山泉的嗓音为她的临时新郎唱着情歌,一边唱着,还一边撩起眼帘睃一下身边的男人。我敢肯定,那一瞥足以将小伙子的心给融化掉。只可惜那个小伙子带着女伴,不然,他准会留在这个瑶族女孩身边,一生一世听着山歌度岁月了。

我买了两件根本不想买的纪念品,原因是那位瑶族女孩对我说:阿姐,买下吧,这是我亲手绣的,就算你替我凑点嫁妆吧!

足摩龙脊

来到桂林,最想去看的竟是龙脊梯田。因为时已初冬,想去那里的人并不多,导游也一再负责任地告诉我,那里是一年中最没有风景的时候了。早春,因为给梯田浇水,层层相叠的水波盘旋而上,银光跃动,宛如巨龙的鳞片,煞是好看;仲春,黄灿灿的油菜花遍野怒放,满目染金,美不胜收,令人沉醉;到了秋天,稻穗的金黄,果蔬的沉绿,就成了龙脊的主色调;而隆冬时节,披着白雪的梯田银装素裹,一片妖娆。而眼下,梯田光秃秃的,什么也没有。

我没有失望，倒有几分侥幸，这样，我可以看到裸呈在天日之下最最本色的龙脊梯田了。

汽车驶入龙胜县东南部的和平乡境内，视野内渐渐出现了一片规模宏大的梯田群，如链似带，从山脚盘绕到山顶，小山如螺，大山似塔，层层叠叠，高低错落。梯田的边缘线条行云流水，潇洒柔畅；其规模磅礴壮观，气势恢宏，这就是龙脊梯田，"梯田世界之冠"的美誉当之无愧。

龙脊梯田距桂林市80公里，景区面积共66平方公里，分布在海拔300米至1100米之间，最大坡度达50度。梯田始建于元朝，完工于清初，距今已有650多年历史。虽然南国山区处处有梯田，可是像龙脊梯田这样规模的实属罕见。龙脊开山造田的祖先们当初没有想到，他们用血汗和生命开出来的梯田，竟变成了如此柔美酣畅的曲线视界。在漫长的岁月中，人们在大自然中求生存的坚强意志，在认识自然和建设家园中所表现的智慧和力量，在这里被体现得淋漓尽致。

中午在龙脊梯田下的一户人家里吃到了竹筒鸡和糯米饭。味道记不清了，只记得那个招呼我们吃饭的小小女孩，她八岁，照顾客人，看管弟弟，俨然是里里外外一把手了。她有一双亮亮的大眼睛和一双粗黑的小手，还有一种城里孩子所没有的淡淡的忧郁，动人极了，所以一直没有忘记。

想象阳朔

阳朔的美名天下远播,到了阳朔我才知道,这里的山山水水是如何激发出人们的想象力的。那山,那水,那洞,那树,的确,仅仅看阳朔是不够的,阳朔的美需要想象!

到了阳朔,置身于如画的风景中,奇怪,我的心里反倒飘荡着风景以外的云烟。我的心和我的眼睛我的双足一起游走着,不疾不徐,不远不近,不偏不倚,不喜不忧,不沉不浮……

因为我有一颗丰富的善于想象的心,阳朔就千种万种地变换着姿容,只为我,只属于我。

银山怀里的塔林

2010.11.2

一个并不炎热的夏日,我踏上了这次并不在计划之内的孤独旅程。汽车在左转右弯后,最终上了一条羊肠小道。到了看上去无路可走的时候,大山臂弯里的点点塔尖便映入眼帘——银山塔林到了。

银山塔林又称铁壁银山,坐落在北京昌平区北部的崇山峻岭之中。银山由黑色花岗岩构成,石崖皆呈黑色,峰峦高峻。银山冬日积雪深厚银装素裹,黑白相间反差强烈,铁壁银山由此得名。在古代,银山曾是佛家讲经说法及文人隐居之佳地,与镇江金山寺齐名,并称"南金北银"。整座银山遍布灵塔,民间有"银山宝塔数不尽"之说,可见昔时浮屠之盛。

银山塔林真是壮观。这里鼎盛时下领七十二庵,是香火旺盛的

在通体镏金的佛前,我不由得心生敬畏。

大延圣寺的遗址，相传唐代高僧邓隐峰曾在此讲经说法。大片塔林中，塔身高者数丈，低者径尺，高低错落，其中有保存最为完好的金代密檐式砖塔5座，元代喇嘛塔5座。银山塔林自金元建立，经明、清至今，已有600年之遥了。塔下肃立，我只觉得时光正从耳边匆匆流过，唯有一种浩然之气长留天地之间，任岁月穿梭，永远伫立不倒。

到银山，不光看塔，也要爬山。正值中午时分，游人稀少，山幽林茂，灵塔缄默，一片寂静。而那自山顶淙淙泻下的山泉成了当然的游伴。

沿着石径拾阶而上，小心着怕踩了蝼蚁爬虫，看那满山的青翠，看那丛丛野花笑脸迎人，耳边全是汩汩淙淙的吟唱，喧闹了多日的心一下子安静下来。走着走着，一不小心就撞见了当年僧人们隐修的山洞，大师们讲法的石台，以及刻有佛像的巨石。那一个个石洞，有的凿壁而建，有的浑然天成，其中一个石洞的洞顶是一块突兀而出的穹庐状天然巨石，走进去顿感阴凉逼人。当下心想，这里曾经生活过一些怎样的心静若止水、气定如磐石的血肉之躯啊。

山间的小路迂回婉转。在曲径通幽处，我看到了一壁娇艳的黄色。岩壁上凿出上下两个洞穴，上面是观音庙，下面是僧人修行起居的山洞，均饰以黄色的帷帐。观音庙不需赘言，但说下面的那个山洞，入口处的对联上明明写着：山明水明银山善地明白处，月清风清铁壁松林清静界，让人品出一派超然物外的淡然，可是，一进到洞内，一个硕大无比的金元宝横在正中央，崭新的，一看就是刚摆进来不久，真觉得煞风景。我想，一个一心向佛的苦寒僧人，六根清净，万事万物皆在身外，后人们又何必用俗世的贪念去讨扰他们清净的灵魂呢？

下山的时候，我走了一条篱笆夹成的小路。30分钟内，我没有遇见一个人，安静极了，安静得让人感动，感动得很想哭，这半小时内，我一个人把这一片清净的世界独占了。

极 品 丽 江

| 品咂丽江 |

曾几何时,丽江在我的视野里只是地图上一个小小的黑点。她隐匿在千山万水围成的屏障里,神秘而遥不可及,我很少臆想与她的种种关联。直到有一天,一个人关于丽江的诺言触动了我敏感的神经。从此,丽江在我的心中被一点点地放大,最终成了一个按捺不住的蛊惑。我心驰神往地跑去看她,想看清楚东巴文和纳西古乐是怎样在隆冬时节,把我这样一颗近乎"隐居"的心搅动得如此狂热。

其实,在飞机落地前的那一刻我就知道我错了。丽江并不是一个让人发狂的去处。雪山在飞机的舷窗中闪着圣洁的光泽,澄澈如水的空气中似乎飘着清冽的味道,星星点点的纳西民居安详地等候在最恰当的位置上。离得近了才知道,丽江,原来一直与我的梦平行着,但等飞机着陆的那一刻与我相融交汇,在未来的几天里,我们就完完全全地相互拥有了。

一入古城,我的耳边立刻注满了潺潺的流水声,这溪水随着小城的青石板路迂回宛转,伴着我的脚步迂转一路汩汩淙淙地低吟浅唱,让我这个长期在北方的浮尘中生活的人顿时有了一种身心被浸润的清爽。

发源于城北象山脚下的玉泉河水分三股入城后,再次分成无数支流,穿街绕巷,流布全城,形成了"家家门前绕水流,户户屋后垂杨柳"的画图。街道不拘于工整而自由分布,主街傍水,小巷临渠,300多座古石桥与河水、绿树、古巷、古屋相依相映,极具高原水乡古树、小桥、流水、人家的美学意韵,古城由此被冠以"东方威尼斯"、"高原姑苏"的美名。聪明的纳西人充分利用城内涌泉修建了多座"三眼井",上池饮用,中塘洗菜,下流漂衣,和谐得令人慨叹。

古人云:水至清则无鱼。但这里的水清得近乎透明,而那些各种各样的鱼儿就在这清澈见底的水中怡然自得地游着,不时有人驻足观望,再也不愿挪动脚步。有这样一幕深深印在我的脑海里:一位黑红脸膛、半百年纪的男人正蹲在水渠边吃米线,吸溜吸溜,好不痛快。吃毕,倒掉碗内剩余汤水,随即就把碗放进水渠中冲洗,两下三下就已干干净净了。也是,除了这里,还到哪里去找这么纯粹的水呢?

丽江古城虽不大，可是，巷巷相通，桥桥紧扣，初来乍到的我们转来转去又转回原地竟浑然不知，还以为又是一条新街。找人问路，那人说：顺着水走吧！于是，我们就顺着水走，果然，没走多远就走出了这个"迷宫"。

有水自然就有桥，桥因水而生，水因桥而秀。桥与水相依相傍，任时光飞逝总是不离不弃，仿佛这冷石凉水也有了人一般温润的情感。小桥多是青石板铺就，玲珑精致，桥上的石板被岁月打磨得光可鉴人，仿佛向人们述说着如烟的往事，但给人的并非是沧桑之感，相反，倒像是在追忆一个渐渐远去的童话，温润、恬淡、回味悠长……

与桥相连的，是同样被足迹磨光的青石板小街。小街两旁，是林林总总的店铺。幽静处，是纳西人家的客栈，有的依水而座，有的傍山而居。庭院里，飞檐画梁，游廊疏竹，有的还点缀上辣椒玉米等挂件，煞是别致。来自天南海北的旅人将此当成了自己的家，一边享受着良辰美景，一遍亲身体验真正纳西人的生活，同时，让疲惫的身心在此小憩。时间不需太长，三天两日，已经足够未来的日子消受了！

| 神游四方 |

我从云的另一端循着一个遥远的呼唤而来，带着一路深深浅浅的思绪跨进这座纳西古城，空间只需过渡三小时，岁月却迈过了千百年。当我踏上古城的中心四方街，一种踩在被悠长岁月遗落的碎片上面的感觉让我恍如梦中，似乎每走一步，都惊动着光阴流转，世事变迁……

追本溯源，丽江古城具有 800 多年历史。这座坐落在丽江坝子中部、面积约 3.8 平方公里的古城始建于南宋末年，是元代丽江路宣抚司、明代丽江军民府和清代丽江府的驻地。古城的心脏四方街明清时已是滇西北商贸枢纽，当然也是茶马古道上的集散中心。

第一次邂逅四方街是在冬日的薄暮里。夕阳折射的霞光中，以彩石铺地、清水洗街的四方街赫然入目，却完全不是我想象中"日中为市，薄暮涤场"的景象了。相反，时已黄昏却仍人声鼎沸，热闹非凡，俨然成了现代人休闲避世的欢场。若不是抬头时一眼瞥见"马锅头酒家"的招牌，我已很难将这里和那随岁月渐行渐远的马帮铃声联系在一起。

可是，当我看到四方街上大片保存完好的明清建筑时，不由得一阵惊喜，这正是我在心中无数次描摹过的景象。"三坊一照壁，四合五天井，走马转角楼"式的瓦屋楼房鳞次栉比，花雕彩绘，秀外慧中，玲珑精巧，与其"民居博物馆"的美誉真正名实相副。只是，现今这民居几乎全部变做商用。原来纳西人休养生息的处所变成了各式各样的店铺，在青石板路的两旁比肩而立，或随坡路顺势而下，或就石阶摩顶而上，总之，有游人到达的地方就有店铺。卖陶器的，卖挂饰的，卖字画的，卖衣物的，不管是卖什么的，无一不承系着纳西文化的一脉渊源。这些经营者们很是知道游客们为何千里迢迢跋山涉水地来到这里，他们殚精竭虑地用东巴文、纳西古乐的衍生物来包裹住古城的那份神秘。游客们乐意把玩味不够的惊奇转变成手中把玩的物件带出深山，而纳西人更希望他们的文化随着游客的脚步游走天下，如此买卖，何愁不旺。

令人庆幸的是，诸多现代元素的加入，不但没有破坏古街在绵长岁月中沉淀的厚重与古朴，相反，倒使古城一扫风吹雨打后的垂垂老态，显示出一派任沧海横流的大度与从容，那份深藉厚蕴，耐人品咂。

在这里，我深深体味到了古城的守护者们的良苦用心：我看到一家建设银行，这个崭新的建筑显然是刚落成不久，但它与周围的街景显得如此和谐，如果没有那个醒目的牌匾，真是很难把它从古街中剥离出来。漫步在青石板小街，你会每走一段就撞见一座别致的建筑，建得那样精巧玲珑，细细一看，才发现这个让你眼球难以转动的建筑原来是公共卫生间，回过神来，不禁哑笑。

到了丽江，不能不去的地方就是那些依桥傍水的咖啡馆了。大多数咖啡馆都有着一个洋味十足的名字，内外装饰也颇为欧化，但它们呈现的不是卓尔不群的格格不入，而是与整个古城气韵的相得益彰。

我们走进一家叫布拉格的咖啡馆，店不大，也就放四五张方桌吧。但屋内的陈设充满了异国情调，一步之内便让你体验了空间的轮转。店主是个一脸阳光的女孩，她端来一盆烧得红彤彤的炭火，小店里霎时就温暖起来，与清冷的室外真的成了一步之内两重天了。角落里，一对恋人正在小桌前上着网,一边谈情说爱一遍清脆地击打着键盘,什么都不耽误。摆在手边的咖啡杯已经空了,但显然他们还不想离去。另一边,一个老外正在发"千古之幽思"。他的目光迷离幽深,有一种将世事置之度外的超脱,人在他面前走来走去的,竟全然不入他的法眼。只是,他会在合适的时候回归凡尘,呷一口咖啡细细品味着。

我们在临窗的小桌旁坐下。窗外,清澈的泉水在水渠中欢快地嬉戏着,叮叮咚咚的,是那种琴键上经常流淌的旋律。水渠的那岸,是一家竹子"编成"的纳西客栈,建得清雅娟秀,一副风姿绰约的美人态,什么名字忘记了,只记得小窗下面挂着一块牌子,上写:《一米阳光》在此拍摄。我看过那部电视剧,真觉得那么浪漫唯美的爱情就只应该诞生在这样的地方。

桌上,夕阳的余晖在不停地跃动着,忽闪忽闪的,一会就不见了。随着风儿若隐若现地飘过来的,是远处来自天南地北的少男少女们对歌的欢声笑语。细若游丝的歌声,只要捕捉到一点点,就能让你的心里醺醺忽忽的。就在此时,卡布奇诺的香味热气腾腾地弥漫开来,淡淡的音乐在屋内悠悠地荡着,那个做了许久的紫色的梦也躲在角落暗暗释放着,时间就此凝滞了⋯⋯

忽然在想,缘分真是一种不期而遇的东西。或许,在某一个瞬间,一杯咖啡就可以触动你内心最柔软的部位,就像现在,就像我与这个叫布拉格的咖啡馆,就像我与丽江。没有踏入则罢,只踏进一次便毫无防备毫无知觉地被她迷醉了，于是，哪怕等待劫数也有了勇气和意义。

一切都是那么温馨、安详，竟不愿想今夕是何夕了。

我一遍一遍地问同伴：这是哪里？是丽江吗？

他不厌其烦地答道：是，这里是丽江！

| 披星戴月的纳西女人 |

接连两个清晨，太阳都准时跃出玉龙雪山的冰峰，鲜亮得就像刚被水洗过一样。迎着阳光细细看去，古城的空气中竟没有一丝飞舞的粉尘，吸一口，是那种清凌凌甜丝丝的味道。强烈的紫外线无遮无拦地与人的肌肤零距离接触，那才真叫亲密无间呢。没过两天，我的脸上手上已经都是阳光烙过的颜色了，那恐怕是多少瓶美白霜都无法挽救的。街上，有许多和我一样对过分"热情"的阳光躲躲闪闪、敬而远之的女人，她们无疑是古城的过客。而更多的则是脸上抹着阳光，身上披着阳光，仿佛连心里都浸染了阳光的女人，她们才是古城的主人，她们是如胡桃树一样生机勃勃的纳西女人。

在从新城走向古城四方街的路上，远远地看到一位背着竹篓的中年女子艰难地走在我们前面。我们紧走几步赶上了她，只见她背上那个硕大的背篓里装着小山一样的秸秆，细细的绳索狠狠地咬住双肩，嵌进皮肉。她的腰弯成了60度，但依然与同行的人轻松谈笑。与她同行的也是一位纳西女人，身上没有负重，我得以看清了她身上的"披星戴月"服饰：头顶上的包头呈弯弯的月牙形状，边缘镶嵌着银光闪闪的饰品；服装是蓝白红相间的颜色，对比强烈又不失娴雅；大大的披肩从背部绑至腰间，上面横绣着七个圆圆的漂亮图案，那是北斗七星。头戴弯月，身披星斗，"披星戴月"的装扮让这两个皮肤黝黑、身形浑圆的纳西女人具备了震撼人心的特殊美感。月亮星辰在她们弯弯的背上蜿蜒成一道神秘而古老的图腾。她们的身体已被繁重的劳动压成了月亮，但黝黑的脸上却依然闪动着太阳般的光芒，那是一种罕见的透着力量的光芒。

　　纳西女人天生就是为劳动而生的。从幼女到少女再到嫁做人妇，她们一直都被繁重的体力活困围着：刺绣挑花、耕田种地、杀猪宰羊、盖房打墩乃至开山修路……在她们被累得连直起腰的力气都没有的时候，那些身强力壮的男人们在干什么呢？他们在家里闲逛游荡，养养花、放放鹰、打打猎，仅此而已。按照纳西族的传统观念，男人是纳西族"精神文明"的创造者。纳西族的男人只要会琴棋书画就是上等的好男人。平庸一点的男人就连这些劳神的"文明"都不用侍弄，只消跷着二郎腿晒着太阳，白白地让一身强壮的肌肉在安逸中萎缩退化，最后与草木同朽。至于那些劳筋累骨的物质文明，就统统担在女人们羸弱的肩头了。我不想为纳西女人鸣不平，因为她们的心里根本就没有不平。我只是在想：这些闲云野鹤般的男人和那些披星戴月的女人，谁更能明了生命的价值和意义呢？

大理古城门前,我匆匆留影后就匆匆离去。此后我一直在问自己:我到过大理吗?

民国时期一个叫洛克的西方探险家在其著述的《中国西南古纳西王国》中写了这样一段文字:"纳西族妇女们通常很强悍,她们有坚强的精神,她们处理劳务和生意,同时还要酿酒和缝制衣服,她们比男人有进攻性和主动性。她们鼓励自己的男人闲游闯荡,女人就像个男人,像个武士。她们自信、果敢,甚至不怕死……"洛克大概是带着对中国这个"不开化"国家的复杂感情和掘金梦想来到丽江的。也许,他和闯入敦煌莫高窟的外来者抱有同样的初衷;也许他一翻过铁甲山就被这里的雪山、草地、小桥流水的古城和神秘旷古的纳西东巴文化所迷醉。当他在《世界地理》上急不可待地向世人宣布他发现了"世外桃源"——香格里拉时,无疑,更大的冲击力是来自与星月同宿的纳西女人,是这些纯净的未受到任何污染的鲜活生命震撼了他的心灵。据说,洛克在得知纳西女人为了自己的爱情甚至友情从容赴死的殉情壮举后唏嘘不已、热泪沾襟。

就是在那个水洗过的清晨,因为要去海拔近4000米的玉龙雪山上看张艺谋执导的大型景观演出《印象丽江》,我们巧遇了一位纳西女司机。就像白族女人叫"金花",藏族女人叫"卓玛"一样,她让我叫她"胖金妹",这是纳西女人共同的名字。相比较我们汉族女人为了苗条美丽而不惜对父母所赐的身体发肤刀削凿砍而言,以胖为美、以黑为美的纳西女人则更体现了民族审美意识中对生命本体的尊重。我眼前的这位"胖金妹"就很黑,浓眉大眼的,不是很胖,但是很结实,一双手粗粗硬硬的,一看便知这不是一双养尊处优的手。她稳稳地驾着车,很好脾气地和我们说着话,普通话说得很好,但她每一句话都以"我的普通话说得不好"结束。她是一双儿女的妈妈,她的女儿13岁,小小年纪就不得不和妈妈一样披星戴月地劳作。她的儿子11岁,懵懂孩童就明白可以和爸爸一样悠闲享乐。她心疼女儿,但她更宠爱儿子。

车驶出丽江之前,她走进小店买了包方便面带上,准备在我们看演出的间隙充饥。她告诉我,她早晨四点半起床,做完家务服侍丈夫孩子吃完早饭后才出来跑车,中间还要跑回去给丈夫做午饭,顺带做家务,然后再出来跑车。晚上收工回家,她要把一天跑车赚的钱如数交给丈夫。丈夫满意时会给她个笑脸,不满意时就会数落她,她一般情况下不还嘴。她跑车在外,经常看到汉族男人对女人百般呵护的样子,心里会偷偷羡慕着,但她不敢奢望能够得到,因为她知道自己永远也得不到。我以为她会被生活折磨得"只识人间愁滋味"呢,谁知她还很满足,因为这样跑车比在田里劳作又省力又赚钱,丈夫也很少打她了。

"这样很好了。"她为自己的生活下了结论。

汉族女人大多是被丈夫心肝宝贝般地捧着的,大多数汉族男人就是见不得自己的女人吃苦受累。纳西男人难道不是男人吗?

我疑心他们不懂爱情,于是,便自知唐突又忍不住好奇地问她:你爱你的丈夫吗?你的丈夫爱你吗?

她毫不迟疑,一字一顿地说:很爱的。我们纳西人是不会和自

己不爱的人结婚的。

她告诉我，在纳西女人看来，婚姻与其凑合，不如与心爱的人一起死去。当纳西女孩自己选择的婚姻不能如愿又无力抗争时，她们便与自己心爱的人相约，寻找一个幽静的地方，上吊或服毒自杀。她说，殉情的男女都很从容，有时还向亲密朋友告别，朋友亦为其保密。殉情前，两人尽可能地买些东西，作好充分准备。殉情过程，也是殉情者最后享乐的过程。他们在选择好的地方吃喝玩乐，穿上新衣裳，向生命作最后的诀别。然后将冥币撒在周围（据说那样可以阻止野兽撕扯尸体），双双相拥相抱死去。

这便是古老的纳西殉情风俗啊，听完，我半晌无语。我开始鄙视自己的狭隘。也许，纳西人给予爱情的才是最高的礼遇，也许，他们的爱更无私、更纯粹，只是我们不懂。

"我和我丈夫也是很爱的！"这次，她给她的爱情下了结论。

我很仔细地看着面前这个纳西女人。我不是她，我无从体味在我眼里如此不堪的生活究竟给予她的是什么；我无从知道，一个依靠她像蜡烛一样燃烧而释放的光亮来取暖的丈夫，能够给予她的是怎样的爱情滋味；我更无法弄懂，她这样一个柔弱女子到底从哪里汲取挑战生存压力的勇气。但我明白了一点，那就是她自有她的快乐与幸福，那是一种酣畅淋漓地奉献自己的幸福，那是一种烛照他人同时也温暖自己的快乐。

在这一刻，我眼里的她只有母性，没有女性。霎时我心里对她产生了浓浓的敬意。当我们为了回避风险和压力而过分强调自己的性别的时候，当我们不断地用现代科技产品来减弱自己肢体功能的时候，当我们用楼房多少平米、轿车多大排量、服装护肤品什么牌子来炫耀自己文明程度的时候，我们突然感到了生命的缺失。于是，我们带着渴念回归本真的灵魂来到这里。同为女儿之躯，面对纳西女人，我不禁愧意陡生：因为我无力选择像她们那样自然真实的人生，而我在剔除灵魂深处的矫情与浮躁之后，能做到的充其量只是让自己的人生更自然真诚一些，仅此而已。

徘徊在古城街头，看着来来往往的纳西女人，我的心里缠绵着一种最原始的感动。因为纳西女人，我学会了知足感恩。我感谢父母把我生做女儿身，让我因此而得到那么多生活的优待；我感谢我的爱人，即便远在天边也遥遥地伸出臂膀给我支撑，让我依靠；我感谢我们的汉文化为我们养育了这样的一群亦刚亦柔、有情有义的热血男儿。

我是汉族女人，我知道，就算我变成枯枝一样的垂垂老太，依然会有一个男人把我唤作他的心肝宝贝，放在掌心里哄着、捧着。

我已经很幸福了，这我知道。

原味束河

大概是因为丽江太热闹的缘故，这个"养在深闺人未识"的小小古镇被愈来愈近的脚步声吵醒了，小心翼翼地从地图上探出头来，于是人们得以邂逅在大山的怀里安睡了近千年的束河古镇，有机会欣赏到她那素面朝天的古风雅韵了。

束河的美是和丽江不同的。在丽江，古城的居民都被滚滚而来的商业浪潮冲到了城外，一切都被贴上了商业的标签，你很难看到纳西风情风物的原貌，而没有原生态渗透的古城所展现给人们的，只是一个被时光拦腰斩断的横断面，由不得你不担心，那曾经浓墨重彩的往昔会在以后的岁月中渐渐褪色。

而束河古镇呢？作为丽江古城的一部分，她恬静如昔。当与世隔绝的宁静被打破后，束河也"晓起梳妆"，开门待客，但仍未丢失一派天然本色。当我在这里穿街绕巷之后，我能清清楚楚地看见她是怎样从千年以外一路风尘地走到今天的。我似乎感到自己正站在一座时光的桥头，往前，能看见古镇的由来；往后，能看清古镇的未来。而我此时此刻所属的时段，恰恰是对古镇历史和未来的衔接，前来探幽寻古的我渴望的正是这种岁月流线的完整链接。我想，凡来这里的人们一定会和我有着同样的欣喜。

束河，纳西语称"绍坞"，意为"高峰之下的村寨"。她位于丽江古城西北四公里处，是纳西先民在丽江坝子中最早的聚居地之一，也是茶马古道上保存完好的重要集镇。可以说，束河古镇是纳西先民从农耕文明向商业文明过渡的活标本。因为时间的缘故，我没有登上古镇身后的那座聚宝山，只是对她投去匆匆一瞥。但也因此，我得到了恰如其分的观山角度，古人不是说：不识庐山真面目，只缘身在此山中嘛。

古镇近千户人家依然延续着他们祖先的原始的生活状态。对游人的闯入，他们既没有刻意地奉迎，也没有冷漠地回避。他们住在祖先世世代代传承下来的老屋里，那古老的房屋巧借一片山，建得稳重古朴，经过多少年的烟熏火燎后，仍然壮壮实实地伫立着。岁月随着墙皮一片一片地剥落下来，他们依然在现代文明的夹击下努力保护着从祖先那里传承下来的原始生态。虽然山顶上高高耸立着中国移动的信号塔，但他们照样说着他们的方言，他们的门窗照样开着，他们的牛照样哞哞地叫着。猪饿了在拱圈门，小鸡自在地四处啄食，孩子唤着小狗的名字，颠儿颠儿地跑回家。风里仍然能闻到有泥土的气息，他们还是沿着一条海拔 2440 米的小路上山，日出而作，日落而息。毋庸置疑，这种从容早已深入到他们的骨髓里，然后将继续影响生活在这里的多少代人。

古镇很小，有一长一短两条修建得规规整整的小街，酒吧、餐厅也有好几家，标新立异的程度完全可与丽江媲美。游人所到之处，也有流水潺潺作响。山水交映的温润美感，倒比丽江尤甚。小街的两面有些店铺，色彩斑斓的挎包、壁挂、床上用品、围巾、服装等都挂在墙上。总之，这些商品集中体现着他们的文化和艺术的内涵。游客不仅可以驻足欣赏姑娘们的手和梭子在织锦机上飞动，还可以慢慢观赏一件件艺术品产生的过程。

我在一个店里买了一条手工织就的围巾戴上，觉得很有意思。按照纳西民俗，当地的姑娘原本只为亲人和情郎穿针引线的，现如今这些色彩斑斓的物件却成了与陌生人交易的商品。从情感所系的"非卖品"到只有技巧表现的商品，这种生活方式和情感上的跨越，仿佛不过是一夜之间的事，让你不能不喟叹民族传统在与时代发展的角力中，最终无一不是心甘情愿地做出某些改良。也好，正是这些改良成就了今天的开放中不失古朴的束河古镇，从而也成全了到此一游的人们的猎奇心。

在束河逗留了两个小时后，我们匆匆回到了丽江城内。大街上依然灯火阑珊，人流如织。这次，我们选择了僻静的小巷。小巷在傍晚昏暗的灯光里显得十分狭窄，窄得似乎从巷子这端的窗户里伸出手就能触到巷子对面的窗棂。这种狭窄不但没有给人造成空间的局促感，相反，倒是有一种久违了的亲近感。巷弄两面的家家户户门窗通开着，一副时时刻刻欢迎你进入的模样。

我们走进了一家小吃店。店里的陈设非常俭朴，但厨房不是用门而是用整面墙的玻璃窗隔开，看起来非常整洁，灯火似乎也比别家更明亮一些。我们的到来让坐在店里折餐巾纸的两个女孩和一个男孩立刻忙碌起来。那个男孩进入厨房，炉火霎时就红彤彤地烧了起来。一阵叮叮当当之后，我们要的过桥米线和炒菜热气腾腾地端上了桌。那盛在砂锅里的过桥米线上，红的辣椒、绿的蔬菜煞是好看，尝一口，鲜鲜的辣，醇醇的香，是我至今尝到的最难忘的美味。没等吃完，原本冰冰凉凉的手脚也就暖和起来了。

吃完，我们不急着走，也不想说话，就静静地坐在那里喝茶。那边的少男少女们也不打扰我们，自顾忙着手里的活。一个女孩哼起了摩梭情歌，声音低低的、柔柔的，犹如天籁般美妙的旋律让我的心都醉了。在我的请求下，三个人一齐合唱起来，歌声一点点放大，舒缓地将整个小店充满，之后，又舒缓地溢出店外……

就在这歌声里，我突然开始想念刚刚离开不久的束河古镇。我想，在那古旧的老屋里，是不是就是这样一幅生活图景呢？一家人围在一张古旧的饭桌上，吃着一碗热气腾腾的米线，然后用这样一首优美的情歌佐餐。清晨升起在袅袅的炊烟里，夜晚熄灭在熊熊的灶火里，其乐融融的幸福和一日三餐一起被摆在饭桌上，任人品了再品。这样的幸福如此简单，简单得让许许多多的人绕道而行了。但是，他们却紧紧地握住，心无旁骛，因而也就恒久地拥有着。

离开束河后总是觉得自己并没有看清楚它的全貌，想起来时，总觉得她隐在一层薄薄的雾里，只能远观，无法近睹。正因如此，那山那水一直在我的脑海里余韵缭绕，于是，束河就像是我吃到的那碗原味的过桥米线，至今仍唇齿留香。不管离开了多久，都是一段令我牵肠挂肚的历程。

这个不施粉黛的名字——束河，我会记住。

写给女儿的成人礼

细若游丝,
却颠簸得你坐卧不宁
蜿蜒的前路
途中有知音在等候

这只独弦琴
游移出多少心音
绕匝一个音节后
有清风滋润古月

夜里走了很远
醒来后却还在这根弦上

你 的 太 阳

2008.5.8

18岁的第一个清晨,太阳容光焕发地俯望你,给你一个温暖而又明亮的记忆。喂,请抬头看,看一看你18岁的第一颗太阳。

18岁的你,如初升的阳光一样鲜亮。上帝奏一曲天歌随明媚的阳光流泻而下,为你18岁的到来布置了一幅极其壮丽的背景。

18岁了,你是否看清了你赖以存身的世界那可爱的面容?仰望天空,那绵绵的白云为你勾映美丽的童话;放眼四方,鲜花和阳光为你铺展了一地锦绣。这个世界敞开胸怀拥抱你,给你幸福,给你快乐,让你笑成一朵花!

唔,抬头看,天空中有一颗明亮的太阳,一颗崭新的太阳——属于你的!

青 春 的 演 绎

在走入成人仪式的那一瞬间,18岁就是把自己交给了父母那日渐舒展的鱼尾纹,交给了心中那份沉甸甸的梦想,交给了创造未来的信念与渴望。

18岁的心头,有一夜之间便被点化成仙的幻想,有春季踏青的悸动,也有秋日葬花的忧伤。

18岁是一段深深浅浅的跋涉,是一场懵懵懂懂的探寻,是一幅属于自己的窗口的美丽风景。

18岁,不再是实习公民。

等 待 完 成

在你一步一步地走近未来时,才发觉未来并不是你所想象的那样满眼青翠。

你义无反顾地走进18岁,迫不及待地想开始真正意义上的人生。你填满了和身高一样厚的考卷,终于拿到了开启人生花园的钥匙。然而,在跨进门槛的那一刻,你发现,最美的花已经开过了。原来,在走近花园的途中,你已错过了最灿烂的花期。

至此,你终于明白了,珍惜行进的过程,比追逐未来的幻象还要重要。

爱 的 牵 引

2008.5.11

你一直喜欢这个"牵"字：写起来好看，念起来好听，品味起来有一种特殊的感动。

你看到一个男孩牵着女友的手，一道踏歌而行，也许会很愉悦；看到一位老者牵着老伴的手互相搀扶着走过马路，心里会莫名的感动；看到一个小哥哥牵着小妹妹的手，一路走一路玩耍时，你竟忍不住悄悄地尾随他们走出很远很远。

无论怎样，一个"牵"字的后面总有一份深深的爱，一段浓浓的情，一个人世间至纯至美的感人故事。

你喜欢这个"牵"字，因为它总与"爱"连接在一起。

另 一 双 眼 睛

或因浅薄,或因无知,或因唐突,你的眼睛常常会欺骗你。你在不知不觉中走上一条路,一路的莺歌燕舞,一路的草长云飞。但你会在某一刻醒悟过来,这条路不是你最初设想的那一条。

你觉得回头已经不可能了,因你已走出太远,因你设想的那条路已模糊不清。于是,一种隐隐的遗憾使你对这一路的风景减少了兴趣。于是,你渴望拥有另一双眼睛。

另一双眼睛就是你的心灵。那些和你一起出发,而在你前面达到成功的人,就是依靠心灵的导引找准了前行的方向。

智慧可以帮你点亮这双眼睛。

抑或,你就索性回头看,其实,什么都来得及。

化 蝶

有时候,你觉得自己真像一条毛毛虫,为了化成一只美丽的蝴蝶而兢兢业业地准备着最后的蜕变。你在题海与分数中沉浮着,等待着一纸文凭来圆自己的蝴蝶梦。

然而,在你前面化蝶而去的哥哥姐姐们告诉你,他们并没有时间去享受那空中飞舞的潇洒,他们依旧在忙碌着、准备着,因为在他们的心中,又升腾起新的梦想。为了这梦想,他们必须再次进行蜕变,因而,他们仍然和你一样,是一条执着的毛毛虫。

就这样,你们不断地制造梦想,也不断地为实现梦想而蜕变自己。正因为你们每个人都拥有自己的蝴蝶梦,青春的翅膀上才会闪动着最绚丽的色彩。

茅 舍 情 韵

2008.6.10

你沿着一条蜿蜒的田间小径，不觉转到一间茅舍前。一条小河淙淙成韵，几畦碧禾青翠欲滴，锄镐在墙角倚成一幅简约的印象，老牛在窗前站成一道永恒的主题，茅舍的景致浑然天成。

你不觉间渴望在此放归自己。

你甚至羡慕着一件褐袍与一把薅镐，羡慕那一头皓发与一脸沧桑，更羡慕有人可以在这"世外桃源"里耕种余生。站似闲云野鹤，踞成千年灵芝，吟千古绝句，诵百家文章，那该是人生攀援的至高境界了。

然而，你太年轻。你必须将自己年轻的肌肤犁出一条条深刻的纹路。否则，你将跌倒在自己的年轻岁月里，再无资格占有这间茅舍。

友 爱 如 河

当你们挥手告别那一刻,你们之间便流淌着一条淙淙不息的小河,你们就互为彼岸了。

两岸有同一片蓝天,同一颗太阳,同样的风,同样的雨,同样的绿色柳堤。你们就相守岸边,合力撑住一条河,呵护那千里烟波。

你们一起等待,等待温柔得令人心醉的风将两岸绿遍,等待着绿色的枝条潜身于同样色调的绿波里。那时,你们会相约一同泅水而去,去打捞水中的云影天光。

你知道,是这条河将你们分成两岸,同样也是这条河,使你们相望的视线重合。

踏 青

2008.5.6

在晓月渐渐隐去的时候,你汇入端午节踏青的人流中。

"最是一年春好处,绝胜烟柳满皇都"。由此看,古人也爱草,也有踏青的习惯,那青翠碧绿的小草一丛丛、一片片,微风过处,荡起一层绿色的涟漪,多么深沉的海啊,你豁然领悟了。

信步而去,你追逐着连绵不断的绿色,心中的情感正一滴一滴地溢出来,融入这空旷无边的田野中,你感到幸福,你将这一片绿色独占了。

你是不是在想,若能化为一抹绿色,该有多好。

流 行 感 冒

2008.6.16

　　流行就像一股狂风,还在成长中的你们不胜风寒,不约而同地"感冒"了。

　　这时,疼爱你们的长辈便对流行怀有成见,他们说流行用它硕大的手为你们穿上舞鞋,让你们按它需要的节奏跳舞。当你们打第一个"喷嚏"时,便被不断地追问:是不是流行破坏了你们的免疫力?

　　你们为流行鸣不平:正是它给你们一个个近在眼前的明确目标,使你们随时随地都会在追逐流行的满足中感受生活。

　　流行不全都是过眼云烟,有时候,它也会成为你们心中长久的默默相守的朋友,像《追梦人》,像《无怨的青春》,像你身上新潮了好多年的T恤衫。

　　于是,你理直气壮地说,这次感冒是为了以后不感冒。

走 进 原 野

　　选择一个明媚的艳阳天,去看草原,去看地平线,去看野花头上跳动着的阳光,去看那浓浓淡淡、深深浅浅的绿色。

　　走进原野,你的目光的消失点便在天地相接的地方。那份辽阔,使你的心灵空前地静穆悠远,使你的思维轻盈得如飞鸟盘旋。

　　天苍苍,野茫茫。向东,看朝阳喷薄而出,向西,看夕阳缓缓而归。掬一捧天光和一片绿色,连同这如画般豁达洒脱、自由奔放的原野一起,嵌进自己永恒的记忆中。

落 花 有 情

当热烈的繁花已成为往事,落花在吐尽最后一缕芬芳后,选择了一种离别的悲壮。万物依旧欣欣向荣,而落花则以淡然的姿态融入泥土,归根的痕迹已为无情的秋风夷平。

凋零的花瓣头枕泥土,面对万物的繁荣绽开一个枯黄的微笑。在对世界无限的眷恋中,落花将已香消玉殒的躯体化为慷慨的奉献,滋养那许许多多依然青春的生命。

落花并不失落,她在摇曳的枝影中寻找到的那份责任,成为她生命最圆满的结局。

落花无悔,人生有迹。一沙一世界,一花一天堂,那小小的落花便自成一世界,自为一天堂。

女 孩 的 七 月

七月，是女孩的季节。七月里，女孩和花一起竞相吐艳。

天格外蓝，阳光格外热烈，街道两旁的绿树为夏日增添了几分清幽。女孩们身着七色彩裙，衬映着青春亮丽的面容，给本来就尽情地美丽着的世界以特别的点缀。于是，七月里人与自然最融洽地依偎着。

七月里，没有羞涩。七月里的女孩，开朗得如怒放的蝴蝶花，在绿色的世界里翩翩飞舞。七月里的女孩，比其他任何时候都更加美丽动人。

七月的一天，你惊喜地对自己说：我，好美啊！

成 熟 的 感 觉

童年的歌谣,已变成记忆之河中的鹅卵石,被时间之水冲刷得渐呈浑圆。那个想在一夜之间变成长着翅膀的小天使的梦,已渐渐地褪去了颜色。

在身体不断拔节的同时,你突然有了独自远行的欲望,想象中,你是一身远行的装束,挽一朵白云,牵一缕清风,把流浪的足迹印在浩浩大漠的深处。

你那一脸明媚的微笑,洒在你明媚的目光照临的每一个角落,盛开在你所有写成的和还在写的文字里。缘此,你便在一夜之间成就了青春的梦想。

不知不觉中,你有了自己独居一室、享受寂静的怡然,有了那本厚厚的日记中无法看清的泪痕,有了想为他人承担义务的冲动。

成熟就是这样在你毫无准备时,进入了你的人生。

一 种 人 生 态 度

有一个著名的乞丐坐在路边晒太阳。他对站在他面前表示怜悯的国王说:"对不起,请别挡住我的阳光。"

这是一个真实的故事。这个故事之所以能流传至今,是因为这个世界上如此孤傲的乞丐实属罕见,因而这个乞丐也被笼罩上了一层传奇色彩。

从这个故事里,你读出了至关重要的四个字:不卑不亢。

在生活中,你需时常这样告诫自己:做人要有风骨,对上不谄媚,对下不轻狂。这样,才能既不失掉自己,也不失掉朋友。

信 任 的 感 动

2008.10.1

那天,当你对一个负重前行的老人说想送她一程时,对方以非常复杂的目光上下打量着你,然后,冷冷地拒绝了。

你的心重重地沉了下去。作为一个青年志愿者的自豪与骄傲,霎时化为飞烟。当你愣在原地,不知道自己应该做些什么的时候,那令你至今仍难忘的声音传入你的耳鼓:"请你帮帮忙,好吗?"一位目睹了刚才那一幕的女孩,用充满信任与鼓励的目光望着你,然后,她把那并不沉重的提包交给了你。

你说你无法描述心中的那份感动。这种被别人信任的感动,冲破了重重阻隔,让你感到人与人之间的真诚与美好。

得　失　之　间

2008.9.24

很小的时候就喜欢收集石子。当你在放学的路上发现一颗红宝石一样晶莹剔透的石子时，你高兴的叫出了声。

小小的你，为了延缓刹那间的惊喜，脑海里闪过一个念头：回家去，再走回来，然后再捡起它。于是，你这样做了。可是，当你回到你记忆中的地方时，无论你怎样努力，终没有再寻到那颗石子。

多少年过去了，你仍然记得一个小小的女孩在一条沙石路上的孤独与悔恨。那颗石子在你童稚的心里，其分量远远超过了一颗红宝石。

其实，那颗石子的消失是值得庆幸的。否则，你的脑海里绝不会为一颗普普通通的石子而保留着一个多年不变的位置。

怜 悯 的 伤 害

2008.8.8

十几年来，你一直认为被人垂怜是一种幸运，怜悯别人是一种友爱。然而，你却怎么也想不到，一个坐在轮椅上的男孩会被你的怜悯给击伤了。

那个男孩试图摇着轮椅穿过一条泥泞的小巷。你实在不忍看他如蜗牛般爬行的姿势，便跑过去推他向前走。

男孩连连道谢，你说，不用谢，你年纪轻轻就不能走路，太可怜了！不料，那男孩把两道冷冷的目光射向你，一字一句地说：我不要你的怜悯。

你惊呆了，你不明白善意的帮助为何会遭到如此冷淡的拒绝。

这时,奋力驱车前行的男孩喊道:请给我鼓励!

于是,你醒悟了,对于一个残疾人来说,怜悯的伤害有时会比他不幸遭遇的本身还要可怕。

"好吧,让我们一起走!"你再次推起轮椅。

不想刻意地浪漫

2008.8.29

每一年，都有一天是属于你的，你一个人的。这一天，你在血与泪的交融中获得了生命。

这一天，你一定要一个人独处，唯恐亲友们那喧闹的祝福声侵扰了那份宁静。一个人走出家门，坐在一个僻静的角落里，看鸽翔蓝天，听哨声绝响，那份自在，那份闲适，那份怡然，让你感动得直想就这样静静地老去。

情不自禁地唱起："我是戈壁滩上的流沙，任凭风暴把我带到地角天边。"其实，你并不想做一粒流沙，而是喜欢那一份浪漫的情致。浪漫是现实缺憾的一种补偿，但往往又落入现实的窠臼。你不想刻意地浪漫，只是属于你自己的这一天可以例外。

保 持 距 离

生活中,你常常忽略的东西是你过于熟稔的东西,你无比向往的东西又总与你之间存在一段长长的距离。

譬如一个大雾天,雾里的云影天光、楼舍树木于朦朦胧胧中看得不够真切,这时,你会觉得它比平时裸露在你视野里的那份情景更神秘、更奇妙、更赏心悦目。

与人的交往亦如这道雾景。当你与对方之间有一段距离,你能欣赏到对方的全貌而又略微有些朦胧与看不真切时,对方便会对你保持着历久弥新的吸引力,才能使彼此间的兴趣保持甘如醇蜜的浓度。

像月亮与太阳不能重合一样,人与人之间应该保持一段适度的距离。

心 灵 的 归 依

你在回家的路上,见到一个人正在卖关在草笼里的蝈蝈。这久违的昆虫的鸣叫声唤起了你返璞归真的愿望。于是,你买下一只带回家去。

笼子里的蝈蝈不停地声嘶力竭地叫着,似乎是在抗议着人类的肆虐。它瞪着一双亮亮的眼睛,一刻不停地寻找着逃走的机会。这双昆虫的眼睛里包含着十分复杂的情绪:痛苦,无奈,恐惧。不,远远不止这些。而这个执着地追寻自由的小生命,让你这个受过现代文明洗礼的人不禁汗颜。你突然感到:这条被囚禁的小生命,不正昭示着人与自然之间无法重合的距离吗?!

于是,你把这只蝈蝈放回到一片绿草地中。你感到你的心离淳朴的大自然更近了一步。

一 句 话 的 分 量   2008.6.5

从上学的那天起,你就一直生活在老师和同学们赞许的目光里。你小小的心始终膨胀着骄傲和自豪,因而在面对挫折的时候,你便因缺少必要的准备而垮下来。

那次你认为人生中一场十分重要的比赛,你没有像预想的那样拿到奖项。从知道结果的那天起,你就一刻不停地在流泪,仿佛周围的一切都不存在了,只有这预想不到的结果强烈地刺激着你的神经。

这时,爸爸走过来,望着你一字一句地说:"输赢是常理,没什么,但是,不能输掉一口气!"

这句话对你以后生活的影响,是你渐渐长大成熟后才体会到的。正是由于这句话的指引,你才能够超越一切坎坷,去追寻你心中的目标。

遥望 20 岁的你

站在 18 岁的杨柳岸边,20 岁在你清波荡漾的心中已是一幅成熟的风景了。

20 岁时,你不会很新潮,但你会很有神韵。你不喜张扬,但也绝不畏缩。通常,你沉静而安详,但面对一架钢琴无人会弹时,你会无声地走上前去,将一首名曲弹得如行云流水。平素,你含蓄而稳健,但某一场合需要有人挥毫泼墨而无人上前时,你会从容运笔,墨迹洒脱如游龙走蛇。众人对你交口称赞的时候,你不谦虚,也不得意,依然是一种朴素安详的神态。

你活得不算轰轰烈烈,但你活得很放松。因为你懂得:平平淡淡才是真。